Ellie
Ronja
Pia

Peter Großmann und Nia Künzer

Fortuna Girls – Das Spiel beginnt!

Weitere Titel von Peter Großmann:

Fortuna Girls – Nichts kann uns stoppen! (Band 2)

Dumm kickt gut

Ist es wahre Leidenschaft ... oder nur erhöhter Blutdruck?

Naturdoping

Titel in der Regel auch als E-Book erhältlich

Peter Großmann · Nia Künzer

# FORTUNA GIRLS

## Das Spiel beginnt!

Mit Illustrationen von
Daniel Ernle

Baumhaus

FSC www.fsc.org
MIX
Papier aus verantwortungsvollen Quellen
FSC® C014496

Originalausgabe



Umschlaggestaltung: Daniel Ernle dec3 GmbH & Co. KG
Umschlagmotiv und Innenillustrationen: Daniel Ernle, München
Gesamtgestaltung und Satz: Christina Krutz, Biebesheim am Rhein
Gesetzt aus der Adobe Caslon Pro
Druck und Einband: GGP Media GmbH, Pößneck

Printed in Germany
ISBN 978-3-8339-0327-4

5 4 3 2 1

Sie finden uns im Internet unter www.baumhaus-verlag.de
Bitte beachten Sie auch www.luebbe.de

Hallo Mädels,

ihr habt auch Spaß am Fußballspielen? Dann kennt ihr das bestimmt: Viele Leute denken, Fußball und Mädchen – das passt doch nicht zusammen! Aber wer sagt denn, dass nur Jungs das können? Mädchen sind genauso flink und geschickt im Umgang mit dem Ball.

Schon als ich ganz klein war, wollte ich Fußballerin werden. Das war nicht immer einfach – schon allein deshalb nicht, weil es damals so was wie Mädchenfußball noch gar nicht wirklich gab in Deutschland. Aber davon erzähle ich euch später.

Wichtig ist, dass ihr immer an euch glaubt und euren Traum nicht aus den Augen verliert. Dann könnt ihr es schaffen.

Und damit ihr eure Gegner beim nächsten Spiel so richtig an die Wand spielen könnt, habe ich euch auf den folgenden Seiten ein paar Tricks zusammengestellt. Unter www.luebbe.de/fortunagirls könnt ihr sie euch sogar in kurzen Filmen im Internet ansehen und einfach nachspielen. Ich sage euch, das macht Riesenspaß – doch seht selbst!

Jetzt aber erst mal viel Spaß beim Lesen und bis später,

Eure Nia Künzer

# Körpertäuschung

Lauf mit dem Ball.

Täusch einen Sprint an, ohne den Ball zu spielen.

Jetzt heißt es, so schnell wie möglich abbremsen ...

... und mit dem Ball in die entgegengesetzte Richtung laufen.

*Felicitas wälzte sich schweißgebadet im Bett.*
*Doch sie hatte keinen Albtraum.*
*Dafür hätte sie zwar allen Grund gehabt, aber zum Glück keine Zeit. Denn sie spielte in dieser Nacht einfach dieses eine anstrengende, aber superwichtige Match.*
*Mit ihrer Dortmunder Mannschaft lag sie bis kurz vor Schluss 1:2 zurück.*
*Dann kam ein langer Pass in die Spitze.*
*Felicitas stand perfekt, zog den Ball mit der Sohle an ihrer Gegenspielerin vorbei und schoss blitzschnell.*
*Oben links schlug der Ball ein. Unhaltbar!*
*Ausgleich. Alles wieder offen.*
*Jetzt nur nicht nervös werden, dachte sie. Konzentriert weiterspielen, die nächste Chance erkennen.*
*Und die kam schneller als erwartet.*
*Einen Ballverlust im Mittelfeld nutzte ihr Team zum schnellen Konter. Sie kam rechts frei zur Flanke.*
*In der Mitte stand Louisa und köpfte ein.*
*3:2. Der Schiedsrichter pfiff gar nicht mehr an.*
*Das ist Fußball. So muss man spielen!*
*Alle lagen sich jubelnd in den Armen.*
*Und Felicitas strahlte erschöpft über beide Wangen.*
*Das war der Sieg.*
*Das war die Stadtmeisterschaft!*

# Erfurt versus Dortmund

Dann machte der Wecker dem Traum ein Ende.

»Wer wird deutscher Meister? BVB Borussia!«, sang der Fanchor als Klingelton. Guten Morgen, Realität. Erstens würde das wohl diesmal nix werden mit der Meisterschaft für den BVB, und zweitens wusste Felicitas anfangs gar nicht, wo sie war. Aber dann wurde ihr leider schnell klar: Es ist nicht Dortmund. Sie lag im Bett in ihrer neuen Heimat. Oder besser gesagt in Erfurt. Denn von Heimat konnte man beim besten Willen nicht sprechen. So ähnlich muss sich jemand fühlen, der auf den Mars geschossen wird, und alle sagen, da sei es genauso schön wie auf der Erde. Nichts ist schön!

Sie schlug widerwillig die Augen auf. Es war ein eindeutig schlechter Tag! Heute sollte es ihr nämlich an den Kragen gehen. Erster Schultag. Neue Lehrer, neue Mitschüler.

Wo bin ich hier bloß gelandet?, dachte sie.

»Aufstehen, Schwesterlein. Erster Schultag!«, rief das kleine Monster, das ihre Eltern Pepe nannten. Es stand plötzlich in der Tür und grinste frech.

Pepe war Felicitas' jüngerer Bruder. Sie mochte ihn eigentlich gern, nur manchmal wollte sie ihn am liebsten an

SPORT BILD
BVB

einen Torpfosten binden und mit Präzision einige stramme Schüsse in seine Richtung abfeuern. Heute hätte er den fußballerischen Marterpfahl mehr als verdient. Alleine schon deshalb, weil er an diesem Tag auf gute Laune machte. Wahrscheinlich extra!

»Wenn es nach mir geht, ist es mein letzter Tag in diesem Kaff, und jetzt zisch ab«, rief sie Pepe zu, der geistesgegenwärtig den Kopf einzog, als Felicitas' Kopfkissen mit Überschallgeschwindigkeit auf ihn zuflog.

»Vielleicht kommst du ja in eine tolle Klasse«, versuchte es Pepe hinter der Tür mit einem Friedensangebot.

»Ich war in einer tollen Klasse. Und in einer Spitzenmannschaft!« sagte Felicitas genervt.

»Gibt es hier sicher auch«, entgegnete Pepe. Ein Ball mit den Unterschriften aller BVB-Spieler knallte gegen den Türrahmen. Selbst für den mutigen Pepe war das ein letztes eindeutiges Zeichen, seine Schwester erst mal in Ruhe zu lassen.

»Träum weiter«, seufzte Felicitas.

Ihr Blick fiel auf das Chaos in ihrem Zimmer. Noch steckten die meisten ihrer Lieblingssachen in Kartons. Doch die Fotos von ihrem alten Team und die Zeitungsartikel über ihre Erfolge hatte sie schon in einer Ecke an die Wand gehängt. Ihre Mutter Petra hatte es spontan »Messis Altar« genannt.

Messi, das war Felicitas' Spitzname. Für sie war klar, sie

würde gern einmal so erfolgreich sein wie der argentinische Wunderspieler. Weltfußballerin des Jahres, das wäre es! Auch wenn ihre Eltern behaupteten, das sei eine Nummer zu groß, den Traum wollte Messi sich nicht nehmen lassen.

Ihre Mutter benutzte ihren Spitznamen aber auch öfter wegen ihrer permanenten Unordnung. »Räumst du Messi mal dein Zimmer auf!«, rief sie dann und traf so mit Messi doppelt ins Schwarze.

In der Mitte ihres »Altars«, umrahmt von einigen Medaillen, die sie mit ihrem Team gewonnen hatte, hing die Einladung zur Auswahl. Sie unter den besten Spielerinnen der Stadt. Der Termin in der Sportschule in der Nähe von Dortmund wäre übermorgen gewesen. Sie würde nicht teilnehmen können. Denn sie war ja jetzt in Erfurt.

Missmutig quälte sich Felicitas aus dem Bett und stolperte zu ihrem Computer. Zeit für eine Nachricht, dachte sie. Ein Videotagebuch, das hatte sie den Freunden und Freundinnen in Dortmund versprochen. Sie sollten mitbekommen, wie sie sich fühlte. Sie schaltete die Kamera ein, fuhr sich einmal durch die Haare und holte tief Luft:

7:23 UHR

Hier ist sie wieder, die entführte Felicitas, verschleppt aus Dortmund. Heute ist mein erster Schultag in Scarytown Erfurt! Werd ich schon schaffen. Bis jetzt hat mich ja auch niemand kleingekriegt. Aber hey! Ihr glaubt gar nicht, was hier so los ist. Nämlich nichts! Obwohl ... Gestern war ich spazieren und hab doch tatsächlich einen Fußballplatz gefunden. Oho! Aber da wurde kein Fußball gespielt, sondern ein Horror-Movie aufgeführt. Titel: das Fußball-Massaker. Das Wort »Spiel« nehme ich übrigens sofort zurück. So kann man das auf keinen Fall nennen. Ein Spiel macht nämlich Spaß, hat Chancen für jeden und ist fair. So haben wir immer gespielt, oder Ladys? So war das hier aber nicht. 17:0 war der Endstand. So fertigten ein paar hochnäsige Jungs ihre Gegner ab. Nennen sich die Unbeatables! Das komplette Unfair-Programm spulten sie ab. Auslachen, tunneln, blöde Bemerkungen machen und versteckt Foul spielen.

Felicitas nahm sich den Ball mit den Unterschriften und spielte die Szene in ihrem Zimmer nach.

Der Höhepunkt war, als dieser Mittelstürmer, ich glaube, er wird Leon gerufen, die gesamte Abwehr umkurvte, den Ball über den herausstürmenden Torwart lupfte und sich dann auf die Torlinie legte, um den Ball mit dem Hintern über die Linie zu rollen.

Bah! Was für ein Idiot! Und dieser selbst ernannte Spielmacher Benni rief dem Keeper noch ein aufmunterndes »Fliegenfänger« hinterher. Zu allem Überfluss bekam er dafür sogar Applaus von ein paar Mädchen, die am Spielfeldrand standen. Die sahen übrigens nicht so aus, als ob sie sich für Fußball interessieren würden. Eher für so Fernsehsendungen wie »Auf High Heels durch Afrika«.

In was für eine Stadt bin ich hier geraten? Kein Mädchenteam, aber dafür hochnäsige Fußballjungs mit dem Mythos der Unschlagbaren.

Schlimmer geht es nicht. Und das alles wegen diesem hier ...

Felicitas alias Messi zeigte einen Keks in die Kamera.

Der Lämmerhirter Taler, der Traditionskeks der Familie Lämmerhirt. Ab jetzt hergestellt von meinen Eltern!

Sie biss hinein, verschluckte sich, musste husten und feuerte gleichzeitig den Restkeks in hohem Bogen durch das Zimmer. Er landete nach einem Doppelsalto fast ohne Spritzer im Aquarium ihres Bruders, das übergangsweise bei ihr im Zimmer stand.

Guten Appetit! Hoffentlich werde ich den Fischen nicht zum Fraß vorgeworfen. Es kann nur besser werden. Ich vermisse euch! Macht's gut!

Messi schickte einen Handkuss in Richtung Kamera.

Nicht, dass sie überhaupt kein Verständnis für diesen Schritt ihrer Eltern hatte. Sie hatte auch gemerkt, dass das »Café Andaluz«, das ihre Eltern noch bis vor Kurzem in Dortmund betrieben, langsam aber sicher den Bach runterging. Ein spanisches Café, die Idee ihres Vaters Fernando, war anscheinend nicht der Geheimtipp für Geldvermehrung im Ruhrgebiet. Schon in Spanien, wo ihre Eltern sich kennengelernt hatten, hatten sie ein ähnliches Café betrieben. Auch das hatte am Ende nichts mehr eingebracht. Als Felicitas' Oma dann anrief, weil sie ihre Bäckerei in Erfurt aufgeben musste, hatten ihre Eltern spontan die Gelegenheit beim Schopf gepackt. »Felicitas«, hatte ihr Vater ihr eines Abends eröffnet, »wir packen unsere Sachen und gehen nach Erfurt. Wir übernehmen dort Omas Laden. Eine Bäckerei, die nicht nur Backwaren, sondern auch spanische Leckereien anbietet. Tapas! So etwas gibt es in Erfurt noch nicht. Wir können Omas Tradition weiterführen und gleichzeitig etwas Neues anbieten. Ich hätte da auch schon eine Idee. Wie wäre es mit der ›Taparei Lämmerhirt‹?« Fernando strahlte. »Das könnte doch funktionieren! Deutsche Bäckerei trifft auf eine spanische Tapasbar.«

Er war plötzlich wieder optimistisch. Das merkte Felicitas. Doch für sie war das alles eine einzige Katastrophe.

»Aber Mama«, hatte sie enttäuscht erwidert und dabei Hilfe suchend ihre Mutter angeschaut, »ich hab doch die Einladung zur Auswahl nächsten Monat!«

Ihre Mutter konnte sie verstehen. Auch Petra wusste nicht genau, was auf sie zukommen würde – auch wenn sie als Kind in der Bäckerei in Erfurt aufgewachsen war. Doch die Entscheidung war gefallen.

»Du wirst deinen Weg sicher auch in Erfurt gehen«, versuchte ihr Vater sie zu trösten. Obwohl er Spanier war und aus Sevilla kam, hatte er von Fußball nicht wirklich Ahnung. Er konnte backen und leckere Tapas zaubern. Felicitas liebte seine kleinen süßen Kuchen und die runden Fleischbällchen in Tomatensoße. Albóndigas! Mhm! Ihr lief das

Wasser im Mund zusammen. Aber die Entscheidung, nach Erfurt zu gehen, war wirklich bescheuert. Sie weinte sich in den nächsten Tagen heimlich und oft die Augen aus. Natürlich gab es kein Zurück. Das wusste Felicitas. Sie musste mit, ob sie wollte oder nicht. Und diese Ohnmacht machte sie wütend.

Die letzten Wochen in Dortmund waren ein einziger, nicht enden wollender Abschied gewesen. Von den Freunden, von der Schule, von der Stadt. Und vom Fußball, den sie so gernhatte.

Als sie schließlich im vollbepackten Umzugswagen losfuhren, blickte sie nicht zurück. Aber sie hielt ein Foto in den Händen, das ihr das Team als Erinnerung geschenkt hatte. Darauf waren sie alle nach der letzten Meisterschaft zu sehen. Und unter dem Foto stand in roter Schrift: *Wenn du zurückkommst, bist du Nationalspielerin!*

Messi hatte für den ersten Tag an ihrer neuen Schule ein besonderes Outfit ausgewählt. Unter ihrem Sweatshirt trug sie das Trikot ihres alten Vereins aus Dortmund, auf dem alle ihre Mitspielerinnen unterschrieben hatten. Und auch ihre Schultasche mit dem BVB-Aufnäher durfte nicht fehlen. Sollten sie in Erfurt ruhig sehen, woher sie kam. Wenn schon untergehen, dann richtig!

Natürlich hatte Felicitas viel gelesen über ihre neue »Heimat«. Aber wer aus Dortmund kam, der konnte mit den Begriffen »Klein Venedig«, Domstadt und der Verehrung einer dicken Bohne, auch Puffbohne genannt, wenig anfangen. Sie kannte nur ihren Canal Grande, den Dortmund-Ems-Kanal, und mit »Domstadt« brachte sie nur den 1. FC Köln in Verbindung. Überhaupt war eine Stadt, die eine Bohne verehrt und nicht einen Ball, Felicitas total suspekt. Und wo der Ball gerade schon mal rollt: Erfurt spielte in der 3. Liga. Fußballerisch war hier alles also mehr als ernüchternd. Weit und breit kein Bundesligist und schon gar kein Mädchenteam in Sicht.

»Aber ich will wieder spielen, koste es, was es wolle«, sagte Felicitas, als sie in ihre Klamotten schlüpfte. »Ihr werdet schon sehen, ich schaffe das!«

Als sie sich abschließend im Spiegel betrachtete, war sie mit ihrem Outfit zufrieden. »Schiller-Gymnasium, ich komme!«

»Wo ist Papa?«, fragte Messi, als sie sich an den Küchentisch setzte. Auch hier sah es noch so aus wie im restlichen Haus. Alles lag durcheinander, nichts war fertig. Der Tisch und die vier Stühle standen inmitten einer Baustelle. Und die war für ihren kleinen Bruder Pepe ein wahres Paradies. Die vielen Tüten, Kisten und Kartons, die auch hier den Boden pflasterten, nutzte er als Kulisse für den Kampf »Gut gegen Böse«. Obwohl er schon acht Jahre alt war, kämpfte er immer noch gerne mit Ritterfiguren gegen Plastik-Dinosaurier um die Vorherrschaft auf dieser Welt. Die Restfamilie fluchte oft über die Fantasie-Armee. Mehrmals täglich trat jemand auf ein Ritterpferd oder stolperte über einen Riesendrachen. Pepe spielte auch gern Fußball. Aber mit ihm zusammenzuspielen, war für Messi ziemlich anstrengend. Er fand nämlich Mädchen, die Fußball spielen, voll doof. Erst recht, wenn sie besser waren als er. Auch als Messi bei Pepes letzter Geburtstagsparty den Wettbewerb im Ballhochhalten mit deutlichem Abstand gewonnen hatte, waren zwar seine Freunde ziemlich beeindruckt gewesen, er selber aber hatte zwei Tage lang nicht mehr mit ihr gesprochen.

Zum Fußballspielen waren Messi und Pepe im Hause González in der letzten Zeit sowieso nicht mehr gekommen. Die Familie musste renovieren, aber es wurde nur sehr langsam zu etwas, das man mit gutem Willen eine gemütliche Wohnung nennen konnte.

»Papa ist schon im Laden. Du weißt doch, dass wir am Ende der Woche eröffnen wollen«, antwortete ihre Mutter und fügte hinzu: »Du wirst übrigens heute Nachmittag gebraucht. Wir müssen noch streichen. Es soll schließlich alles toll aussehen in der Taparei Lämmerhirt.«

Taparei Lämmerhirt. Felicitas war sich nicht sicher, ob ihre Eltern mit diesem Namen Erfolg haben würden. Und ob das etwas verschnarchte Städtchen diese deutsch-spanische Erfindung annehmen würde. Messi war das im Moment komplett egal, aber das Wagnis war nicht weit weg.

Die Chaos-Wohnung befand sich direkt über dem zukünftigen Arbeitsplatz.

»Wenn es sein muss«, erwiderte Felicitas und schaute gequält.

Sie hatte bisher zu wenig Zeit für sich gehabt, das war klar. Den ganzen Tag über gab es etwas zu tun. Aber besser, als ständig Frust zu schieben und andauernd von alten Zeiten zu träumen, dachte sie, als ihre Mutter zur üblichen Rede ansetzte.

»Halt dich besser heute in der Schule ein bisschen zurück«, sagte sie mit ernster Miene, »nicht, dass du es dir schon am ersten Tag mit deiner großen Klappe bei allen verdirbst!«

»Ach Mama«, schmunzelte Messi, »ich bin Halbspanierin und habe eben Temperament. Ich bin ein Stier und die Schule ist meine Arena.« Sie stand auf und hielt sich Messer und Gabel als Hörner an den Kopf.

Ihre Mutter lachte. »Dann hoffe ich für dich, dass kein Torero kommt, der dich mit seinen roten Tüchern ärgert.«

»Der soll mal kommen, den nehme ich auf die Hörner«, rief Messi, nahm ihre Tasche und verschwand grinsend aus der Tür.

Was ihre Mutter nicht merkte, war, dass Messi so gar nicht zum Lachen zumute war. Sie hatte ordentlich Respekt vor diesem Tag und fühlte sich gar nicht wie ein todesmutiger Stier.

# Der erste Schultag

Die Buslinie 8 war die direkte Verbindung zwischen Messis Zuhause und der neuen Schule. Als sie einstieg, merkte sie gleich, dass sie richtig war. Horden von Schultaschenträgern machten den Bus zu einer Mischung aus Frühstückscafé und Disco. Die einen stopften noch schnell ihre Brote in sich rein, die anderen unterhielten sich laut oder spielten sich gegenseitig die neuesten Hits vor. Dazwischen waren aber auch die, die gar nichts mehr mitbekommen wollten. Mit dicken Kopfhörern auf den Ohren blickten besonders die älteren Jungs cool ins Leere. Messi erwischte einen freien Platz am Fenster und schaute hinaus.

Das ist also meine neue Stadt, dachte sie und ließ die Straßen an sich vorbeiziehen.

Eigentlich sah es hier ähnlich aus wie in Dortmund. Auch die Jugendlichen unterschieden sich nicht von denen ihrer Heimatstadt. Und doch war es irgendwie anders. Denn Messi war noch nicht richtig angekommen. Wie auch? Ohne Freunde und ohne Fußball. Sie schloss die Augen und wünschte sich zurück.

Plötzlich rüttelte jemand an ihrem Arm.

»Hallo, aufwachen, Endstation!« Der Busfahrer stand direkt vor ihr. Messi machte die Augen auf und erschrak. Sie war beim Träumen zu weit gefahren. Hatte einfach die

Zeit vergessen. Wie von Schalke-Fans gejagt stürmte sie aus dem Bus. Zur Schule war es zwar nur ein lausiger Kilometer, aber sie war jetzt schon zu spät. Ausgerechnet an ihrem ersten Schultag. Als die Schulglocke läutete, erreichte sie gerade die Treppe des Schiller-Gymnasiums. Kaum ein Schüler war mehr zu sehen ... Nun musste sie erst einmal den Raum der 7b finden.

Außer Atem klopfte sie an der Klassentür und öffnete sie. Aber was sah sie da? In der Klasse hingen bunte Girlanden, alles war geschmückt, Blumen waren auf den Tischen, und an der Tafel stand in großen Buchstaben: HERZLICH WILLKOMMEN!

Felicitas war sprachlos. So eine tolle Begrüßung für eine neue Schülerin? Sie musste ein ziemlich verdutztes Gesicht gemacht haben, denn die Klasse brach in Gelächter aus. Die Lehrerin, die am Pult vor der Tafel stand, bemerkte Messis Verwirrung.

»Bist du Felicitas González?«, fragte sie. »Ich bin deine Klassenlehrerin und heiße Frau Schneider.«

»Olé«, antwortete Messi noch völlig verwirrt und biss sich auf die Zunge. Zu Hause war das ein »Ja«, aber hier als Einstieg natürlich völlig daneben.

Wieder lachte die Klasse, und ein Junge rief: »Hola chica, für mich bitte einmal Paëlla!«

Er grinste über beide Wangen. Messi erkannte ihn sofort wieder. Es war der Spielmacher der Unbeatables. Der Anführer des wohl unsympathischsten Fußballteams der Welt war bei ihr in der Klasse. Das war ja klar! Und noch zwei weitere aus dem Team saßen direkt neben ihm. Und klatschten Beifall für den tollen Witz. Na denn, schlechter konnte der Tag eigentlich gar nicht beginnen.

Messi aber fasste sich langsam. »Für dich bitte immer noch Frau González!«, antwortete sie patzig in Richtung »Superfußballer«.

Ein Raunen ging durch die Klasse. Die Jungs schauten sich überrascht an. »Hallo Felicitas, komm doch bitte mal zu mir«, unterbrach Frau Schneider das kleine Wortgefecht.

»Es tut uns leid, aber die ganze Dekoration stammt immer noch vom Wochenende«, erklärte sie. »Wir hatten Tag der offenen Tür, und diese Klasse hat für die Eltern ein Projekt vorgestellt.«

»Spanisch für Anfänger«, rief Benni und hatte wieder die Lacher auf seiner Seite.

»Benni, bitte!«, sagte Frau Schneider. »Wenn deine Leistungen so gut wären wie deine spontanen Witze, müsstest du keine Angst um deine Versetzung haben.« Jetzt klatschten auch die Mädchen.

»Es ging bei dem Projekt um Erfurt im Mittelalter, aber natürlich gilt die Begrüßung heute auch für dich, Felicitas«, fuhr Frau Schneider fort.

Das wird ja immer besser, dachte Messi. Kaum bin ich

TEN
WILLKOMM

in der Klasse, schon habe ich den ersten Eindruck komplett versemmelt.

»Würdest du dich bitte kurz vorstellen?«, bat Frau Schneider sie.

Messi schaute in die Runde und schluckte. Klassen-Casting. Also gut.

»Ich heiße Felicitas González, komme aus Dortmund und wohne seit drei Wochen in Erfurt. Meinen Eltern gehört die Bäckerei Lämmerhirt«, sagte Messi mit einem Kloß im Hals und etwas zu förmlich.

»Dann gibt es da ja bald Knoblauchbrötchen«, rief Spielmacher Benni. Diesmal war die Reaktion eher spärlich.

»Gar keine schlechte Idee«, sagte ein türkischer Junge rechts neben Benni. Auch er gehörte zum Team der Unbeatables. Er war Messi schon während des Spiels aufgefallen, weil er die Fähigkeit besaß, eigentlich nur mit sich selbst zu spielen. Den Ball abzugeben, gehörte nicht zu seinen angeborenen Fußballfähigkeiten.

Alle anderen waren bisher eher still geblieben. Bis auf ein ziemlich aufgebrezeltes Mädchen, das Messi auch schon mal gesehen hatte. Auf dem Platz, als Cheerleader für die Jungs. Perfekt gestylt, perfekt geschminkt. So hätte sie sich sofort bei Heidi Klum bewerben können. Sie klatschte immer mit, wenn die Jungs klatschten.

»Ich bin dreizehn«, fuhr Messi schon etwas selbstbewusster fort, »und am liebsten spiele ich Fußball!«

Totenstille folgte. Die Mädchen schauten verständnislos, den Jungs klappte die Kinnlade herunter. Aber Messi war noch nicht fertig.

»Mein Lieblingsverein ist der BVB, und ich fänd's toll, in einer guten Mädchenmannschaft zu spielen, so wie in Dortmund auch. Da sind wir Meister geworden!«

Und nach einer kleinen Pause, in der man hätte hören können, wie eine Stecknadel zu Boden fällt, fügte sie hinzu: »Und ihr könnt mich gern Messi nennen. Das ist mein Spitzname.«

Plötzlich hatte Benni seine Sprache wiedergefunden. Er stand auf und fragte: »Und was sammelst du ab jetzt in Erfurt? Vielleicht lauter Niederlagen?«

Die Klasse lachte. Felicitas lief rot an.

Die Lehrerin rief »Ruhe bitte!«, und als es einigermaßen still war, wandte sie sich an Messi.

»Danke, Felicitas, ich werde dich aber bei deinem richtigen Namen nennen! Und jetzt wollen wir mit dem Unterricht beginnen. Wir haben den Platz neben Ellie für dich frei gemacht.«

Auf dem Weg zum Platz musste sie an den drei Unbeatables vorbei. Der Typ links neben Benni raunte Messi kurz zu: »Pass bloß auf, hier sind alle Bayern-Fans!«

»Bayern-Fan kann jeder«, antwortete Messi und setzte sich auf den freien Platz neben Ellie, die sie freundlich anschaute.

»Echt cool«, flüsterte Ellie, »endlich mal wieder was los hier.« Messi schaute sie an und wusste: Das wird hier kein Zuckerschlecken, aber mit Ellie könnte das Leben in Erfurt vielleicht ein wenig angenehmer werden.

# Ein unmoralisches Angebot

Für Messi vergingen die ersten Stunden wie im Flug. Nicht, dass der Unterricht so interessant gewesen wäre. Es war eher die ganze neue Situation, die ihre volle Aufmerksamkeit beanspruchte. Immer wieder beobachtete sie die drei selbst ernannten Fußballkönige. Deren Benehmen in der Klasse glich dem auf dem Platz. Aber im Gegensatz zum Fußball, wo sie zwar unfair, aber mit großem Einsatz bei der Sache waren, waren ihre schulischen Leistungen eher mäßig. Das merkte Messi sofort. Fußball stand bei den dreien ganz oben auf der Liste, und dann kam erst mal lange nichts. Das galt besonders für Benni, oder besser Carl Benjamin Stegemann. »Der ist«, flüsterte ihr Ellie während der Englischstunde zu, »Sohn eines reichen Unternehmers in Erfurt.«

»Benni ist ein echter Kotzbrocken und in der Schule stinkefaul«, erklärte Ellie. »Aber sein Vater paukt ihn bei Problemen immer wieder raus. Er sitzt im Beirat der Schule und spendet ab und zu schon mal neue Computer oder ein paar Musikinstrumente. Je nachdem, was der feine Herr Sohn wieder so ausgefressen hat.« Ellies Blick fiel auf Bennis Freunde, die gerade ihrem Meister lauschten. »Die anderen beiden sind Sir Benni treu ergeben. Burak, der mit den Knoblauchbrötchen, hat eine Cousine in der Klasse und ist genauso ein Schleimer wie Olli, der dritte Unbeatable. Beide lassen nichts auf ihren Chef kommen.«

Aber auch Messi wurde von den drei Fußballweisen beobachtet. Hier und da tuschelten die Jungs und sie vermutete: ganz sicher auch über sie.

Die Mädchen in der Klasse machten einen ganz netten Eindruck auf Messi. Selbst Pia, so hieß die stylische Cheerleaderin, warf ihr zwischendurch mal ein Lächeln zu. Schwer zu sagen, ob es ernst gemeint war. Riechen konnte man sie auf jeden Fall auf hundert Meter. Sie musste morgens in einen Riesentopf Parfüm gefallen sein.

In der großen Pause standen Ellie und Messi zusammen auf dem Schulhof, und Messi sah, warum der Duft Pia vorauseilte: Sie tauschte in einer Ecke des Schulhofs Mini-Parfümfläschchen gegen Geld. In einer Umhängetasche hatte sie die kleinen Proben dabei, und für die Verkaufsveranstaltung hatte sich schon eine ansehnliche Schlange gebildet. Das ist ja mal 'ne Idee, dachte Messi. Alle Altersstufen von Mädchen waren dabei. Von den Fünftklässlern, die sich mit dem Parfüm noch eher verschämt und heimlich einsprühten, bis hin zu Mädchen aus der Oberstufe, die die Fläschchen ganz offen ausprobierten und schon feste Vorstellungen bezüglich Duftnoten und Marke hatten. Anscheinend war Pia der Parfüm-Dealer auf dem Schiller.

»Nur noch drei Mal Chanel für den Preis von zwei. Wer

schlägt zu? Ein Euro nur heute, morgen müsst ihr mehr Bezahlen«, gab Pia so leise sie konnte zum besten.

»Oder eine größere Gucci-Probe zusammen mit Lagerfeld. Ach komm, ich leg noch Joop obendrauf. Jetzt aber! 80 Cent!«

Pia war nicht zu bremsen. Der Absatz lief prima, sie machte ein gutes Geschäft.

Ellie war keine Kundin von Pia. Ihre Eltern hatten einen Bauernhof am Rande der Stadt. Mit Rücksicht auf die Tiere und deren feine Nasen ließ sie die Finger von jeglichen Fremdgerüchen.

»Pias Mutter hat einen Kosmetikladen«, klärte Ellie Messi auf. »Die hat meist noch zwei Lagen mehr aufgelegt als ihre Tochter.«

Im Geschäft der Mutter fielen schon mal ein paar Proben unter den Tisch, die Pia dann zur Freude einiger Mädchen auf dem »freien« Markt verkaufte.

»Und wenn die Lehrer davon etwas mitkriegen?«, fragte Messi.

Ellie lachte. »Die drücken alle ein Auge zu. Auch Frau Schneider. Bis jetzt hat noch keiner was gesagt.«

Frau Schneider. Messi fand sie ganz in Ordnung. Sie hatte das Gefühl, dass sie die Klasse gut im Griff hatte. Und sie hatte Messi beschützt, als die Jungs versucht hatten, sie vor der Klasse lächerlich zu machen. Das waren sie, die Toreros mit den roten Tüchern.

Ellie und Messi schlenderten über den Schulhof. Daran werde ich mich gewöhnen müssen, dachte Messi. Aber sie war überzeugt, dass sie es den drei Angebern mit ihren Stierhörnern irgendwann zeigen würde. Olé! Den Glauben an sich hatte sie.

»Spielst du eigentlich Fußball?«, fragte Messi ihre neue Freundin.

»Nö«, antwortete Ellie, »aber ich mache Pferdepolo, Hunderennen und Extreme-Melking!«

Messi machte ein Gesicht wie Lukas Podolski nach einer Taktikerklärung von Jogi Löw. »Wie bitte?«, fragte sie verwirrt.

Ellie blickte entwaffnend fröhlich.

»Aufwachen, Stadtmädchen! Ich wollte nur sagen, ich habe so viel mit unseren Tieren zu tun, ich komme zu nichts anderem. Obwohl«, sie stockte kurz, »einmal hat mein Vater einen Luftballon mit Wasser nach mir geworfen. Den habe ich gefangen, ohne dass er geplatzt ist.«

Messi schmunzelte. »Na, dann bist du ja der ultimative Nachfolger für Manuel Neuer.«

»Die Weide ist viel größer als so ein Fußballtor und ich fange trotzdem alle Kühe wieder ein!«, strahlte Ellie.

Jetzt lachte Messi laut. Ellie gefiel ihr.

Plötzlich stand das türkische Mädchen, das ihr in der Klasse schon aufgefallen war, neben den beiden. Sie trug eine modische Kopfbedeckung, die ihre Haare komplett umhüllte. Ihre restliche Kleidung war traditioneller, mit einem langen Kleid über einer Hose. Dazu hatte sie allerdings hohe Stiefel an. Messi musste spontan an Captain Jack Sparrow in ihrem Lieblingsfilm denken.

»Hallo, Messi, ich bin Yasna«, setzte sie an.

»Aber sie wird Yalla genannt«, mischte sich Ellie sofort ein, »weil sie so furchtbar schnell ist. Zum Beispiel im Sport.«

»Ja und?! Was kann ich dafür, dass du eher eine Schnecke bist? Manche sagen, ich sei hektisch. Das kann ich überhaupt nicht verstehen. Ich mache nur gerne mehrere Sachen auf einmal«, rechtfertigte sich Yalla.

»Sie heißt Yalla, weil das im Arabischen ›beeil dich‹ bedeutet. Wenn wir also sagen, sie soll nicht rumyallern, soll sie ein bisschen Tempo rausnehmen«, erklärte Ellie und grinste breit.

»Sieht toll aus, dein Kopftuch«, bemerkte Messi.

»Das ist ein Hijab«, entgegnete Yalla. »Wenn du willst, bringe ich dir mal einen Katalog mit. Wir haben einen Onlineversand für muslimische Kleidung.«

Messi war erstaunt. Da musste sie nach Erfurt ziehen, um zu erfahren, dass es so etwas gibt.

»Wenn du ihn nicht wieder sonstwohin legst«, lachte Ellie und wandte sich dann an Messi. »Weißt du, am besten für Yalla wäre eine Suchmaschine für verlegte Sachen. Einmal haben wir alle ihr Handy gesucht. Das hatte sie anstelle ihrer Brötchentüte in den Papierkorb geschmissen. Gott sei Dank klingelte es noch in der Pause.«

»Ja«, sagte Yalla, »und Ellie ist drangegangen mit den Worten: ›Abfallentsorgung Schiller-Gymnasium!‹«

Sie wollten gerade weiterreden, als sie merkten, dass die Jungs auf sie zugeschlendert kamen.

»Oh, die Unbeatables!«, rief Ellie und fiel theatralisch auf den Boden. »Ist es den Herrschaften hier sauber genug, oder soll ich noch schnell den roten Teppich ausrollen?« Ellie zwinkerte den Mädchen zu.

Na, die traut sich was, dachte Messi anerkennend und wartete gespannt auf die Reaktion der Jungs. Doch bevor sie antworten konnten, kam Pia hinzu.

»Hallo, Pia«, staunte Yalla, »ist der Parfümmarkt für heute geschlossen?«

Pia schaute Yalla von oben bis unten an.

»Coole Klamotten«, bemerkte sie. Und in der Tat schien sie auch zu meinen, was sie sagte.

»Seid ihr alle hier, um mich zu loben?«, fragte Yalla überrascht.

»Nein, ich habe ein kleines Geschenk mitgebracht!«, erwiderte Pia.

»Die Jungs als Geschenk? Kannst du behalten!«, sagte Ellie voreilig. »Obwohl ... so mit Schleifchen ...«

Die anderen lachten. Benni hatte bisher nur amüsiert geschaut, aber nichts gesagt. Jetzt meldete er sich zu Wort.

»Felicitas, du hast den falschen Spitznamen und magst den falschen Verein«, sagte er. »Aber du sagst, dass du Fußball spielen kannst.«

Messi nickte nur.

»Das würden wir gerne überprüfen, denn das können wir uns beim besten Willen nicht vorstellen, oder?«, sagte Benni und schaute dabei fragend zu seinen beiden Freunden. Die schüttelten eifrig den Kopf.

»Wenn du dich traust, sehen wir uns morgen Nachmittag um 15 Uhr auf dem Platz. Dann kannst du zeigen, was du draufhast!«

Messi wusste nicht, was sie davon halten sollte. Sie spürte aber, dass sie keinen Rückzieher machen konnte und auch nicht wollte. Schließlich gab es kein Mädchenteam weit und breit. Vielleicht würde sie die Unbeatables ja davon überzeugen, dass man auch anders Fußball spielen konnte, als sie es taten.

»Ich bin dabei«, antwortete Messi schneller, als sie eigentlich wollte.

»Sei fair, einmal nur!«, drohte Yalla in Richtung Benni.

»Pah, liebe Cousine«, sagte plötzlich Burak, »du weißt doch, Mädchen haben beim Fußball nichts zu suchen«, und fügte mit bösem Blick hinzu: »Und du sollst auch keine Stiefel tragen!«

»Das lass mal meine Sorge sein, liebster Cousin«, giftete Yalla zurück.

»Wenn das alles war«, mischte sich Ellie ein, »erklären wir die Audienz von Sir Benni und seinem Gefolge hiermit für beendet.«

Die Jungs drehten sich um, nur Pia blieb stehen.

»Hier ist noch mein Geschenk«, sagte sie und legte Messi eine Parfümprobe in die Hand. Messi schaute Pia verwundert an.

»Gegen den Angstschweiß«, sagte Pia, drehte sich um und ging mit den Jungs zurück ins Schulgebäude.

## Blick-Finte

Lauf mit dem Ball.

Blick in eine Richtung, sodass dein Gegner denkt, ...

... du willst in diese Richtung laufen.

Tipp den Ball blitzschnell in die andere Richtung und lauf hinterher.

# Bäckerei Lämmerhirt

Die alte Bäckerei Lämmerhirt lag im Westen der Stadt in einer Wohngegend, die schon über hundert Jahre bestand, und gehörte schon immer Omas Familie. Der Schriftzug »Lämmerhirt« hing in verschnörkelten Buchstaben über dem Eingang. Zusammen mit dem alten Haus fühlte man sich in eine Zeit zurückversetzt, in der noch Pferdekutschen anstatt Autos durch Erfurt zuckelten.

Messis Mutter Petra war in dieser Backstube aufgewachsen. Mit dem Geruch von frischem Brot und Brötchen und mit vielen leckeren Torten, die nicht nur an Sonntagen die Auslagen zierten. Das lag alles schon sehr lange zurück, und das Verhältnis zwischen Petra und ihrer Mutter war über die Jahre etwas abgekühlt – aber Oma Lämmerhirt freute sich sehr darüber, nicht mehr allein zu sein. Vor allem war sie glücklich, ihre Enkelkinder Felicitas und Felipe um sich zu haben, die sie bisher nur sehr selten gesehen hatte.

»Hallo, Oma, alles frisch?«, rief Messi, als sie nach der Schule die Bäckerei betrat. Gott sei Dank hatte Oma Lämmerhirt Humor, und Messi war dankbar, dass sie mit ihr ganz locker sprechen konnte. Die alte Bäckerei war plötzlich wieder voller Leben. Und Farbe. Und genau das war gerade Omas Topthema.

»Frisch ist übertrieben, liebe Felicitas«, meinte ihre Oma

lachend, »eher etwas abgeblättert. Aber immer noch so fit, dass ich mir die Frage stelle, ob Pink eine gute Farbe für den Verkaufsraum ist. Ganz zu schweigen vom Mint im kleinen Café und dem Kanariengelb auf der Toilette.«

»Oma, das ist der Knaller. Damit ist unser Tapasladen demnächst der hippste Ort der Stadt. Und du wirst sehen. Wenn erst die Auslage voll leckerer Sachen ist, werden wir uns vor Kunden nicht retten können.«

Felicitas wollte nicht, dass Oma ihre schlechte Laune bemerkte, und machte auf gut Wetter.

»Das wäre wirklich schön! Aber wenn es so schmeckt, wie es momentan hier riecht, habe ich da noch ernste Bedenken«, erwiderte Oma Lämmerhirt und deutete mit gerümpfter Nase und einem gequälten Lächeln in die Backstube.

Dort arbeitete Felicitas' Vater Fernando schon seit dem Morgen und probierte neue Backkreationen aus. Den Rauchschwaden nach zu urteilen, war ihm nicht alles gelungen. Die Brötchen hatten Verbrennungen dritten Grades und gehörten eigentlich auf die Intensivstation, die gebratenen Champignons und kleinen grünen Paprika hatten eine Überdosis Knoblauch abbekommen, und der Lämmerhirter Traditionskeks glich mit seinen Kratern eher der Mondoberfläche. Da war noch einiges an Feintuning nötig, soviel war schon mal klar.

»Na, Messi, wie war es in der Schule?«, rief er ihr zu,

als er ein qualmendes Blech verkohlter Brotstangen aus dem Ofen zog.

»Ungefähr so wie bei dir in der Backstube. Da ist für die nächsten Tage jede Menge Nebel, der sich lichten muss«, antwortete Messi etwas scharf und ärgerte sich gleich darüber. Sie mochte ihren Papa wirklich sehr. Aber im Moment war er für sie der Hauptschuldige an ihrer Misere. Ohne seine Idee mit der spanisch-deutschen Bäckerei wären sie wahrscheinlich noch in Dortmund. Und da wäre sie jetzt einfach am liebsten.

»Komm schon, Messi«, sagte Fernando, während er die Brotstangen entsorgte, »das wird schon. Du musst dir nur ein bisschen Mühe geben.«

»So wie du?« Messi biss in einen Keks, für den man eigentlich einen Presslufthammer benötigte. »Oma ist anscheinend die Einzige, die sich über das neue Leben freut. Wenn sie auch mit den Farben hier nicht ganz einverstanden ist. Und«, das fügte sie schmollend hinzu, »auch nicht mit deinen spanisch-deutschen Kreationen.«

»Messi, jetzt hör mal!« Ihr Vater wurde ernst. »Das ist für uns alle schwer und neu. Ich glaube, wir müssen nur ein wenig durchhalten, dann wird alles besser. Ich komme schon noch mit dem Ofen klar, Oma mit den Farben, und du findest neue Freunde und einen Verein. Claro que sí! Und jetzt an die Arbeit, chica, bald ist Eröffnung, und wir haben noch viel zu tun.«

Messi antwortete nicht. Sie dachte an die fürchterlichen Jungs aus ihrer Klasse und an die Herausforderung zum Spiel. Da müsste schon einiges passieren, wenn sich das zu einer großen Freundschaft entwickeln sollte.

Sie warf ihre Schulsachen in die Ecke, schnappte sich einen Pinsel und begann, die Türrahmen in Grau zu streichen. So ungefähr war auch ihre Stimmung.

# Bennis Welt

Für Benni Stegemann war dieser Tag in der Schule wirklich etwas Besonderes. Er hatte im Vokabeltest in Englisch eine Drei geschrieben. Oder besser abgeschrieben. Aber das war ihm egal. Denn jede Note, die besser als Fünf und Sechs war, sicherte ihm sein Überleben als Fußballer.

Oft schon hatten seine Eltern damit gedroht, dass er bei dauerhaft schlechten Leistungen Fußball-Verbot bekäme. Und an diesem Verbot schlitterte er häufig nur um Haaresbreite vorbei. Mit dem Einsatz seines ganzen Taschengelds! Er kaufte sich davon gerne die beste Sicht auf das Blatt des Klassenstrebers. Oder ließ sich perfekte Spickzettel schreiben.

Schule war nicht Bennis Ding. Außer, es war Sportunterricht und der Ball rollte. Und er liebte den Montag. Regelmäßig berichteten die Erfurter Nachrichten über die hohen Siege der Unbeatables. So war der Wochenanfang meist ein

Triumphzug über den Schulhof. Für ihn und sein königliches Gefolge.

Irgendwie hatte Benni das königliche Gehabe schon in die Wiege gelegt bekommen. Denn sein Vater war ein erfolgreicher Geschäftsmann und die Stegemanns in Erfurt eine echte Nummer mit hohem Promifaktor. Carl »der Große«, wie sein Vater ehrfurchtsvoll genannt wurde, führte die Maschinenfabrik »Stegemann und Söhne« schon in der dritten Generation. Er ging selbstverständlich davon aus, dass auch Benni in seine Fußstapfen treten würde. Wenn er sich da mal nicht täuschte ... Denn Fußball war Bennis Leben, und da ließ er sich von nichts und niemandem reinreden.

Und plötzlich stolperte diese Spanierin in die Klasse und machte sofort auf sich aufmerksam. Das war lange nicht mehr vorgekommen. Aufmerksamkeit hatte er eigentlich für sich allein gepachtet. Und so nebenbei hatte die Neue in der Klasse ihn geradezu herausgefordert. Das kannte Benni so noch nicht. Er wusste zwar, dass er eine magische Wirkung auf Mädchen hatte. Na gut, manchmal schlug die Bewunderung eher Richtung Verachtung aus ... Man mochte ihn, oder man hasste ihn. So war das! Aber dass ein Mädchen aus Dortmund kommt und dem gesammelten Bayern-Fanclub nicht nur die schwarz-gelbe Karte zeigte, sondern auch noch behauptete, eine gute Fußballerin zu sein, grenzte schon an Unverschämtheit. Selbstbewusstsein war etwas, das der Chef der Unbeatables bei Mädchen nicht kannte.

Erst recht nicht, wenn es um Fußball ging. In Erfurt gab es kein Team, das seine Jungs nicht geschlagen hätten, und so standen die Unbeatables in der Erfolgsnahrungskette ganz oben. Dann kam lange nichts. Und jetzt Felicitas González, die sich ausgerechnet Messi nannte ... Der Fußballgott aus Argentinien als Spitznamen für ein Mädchen! Alleine das war schon eine Kampfansage. Warum nicht »Natze« nach Nadine Angerer oder »Mia« nach Mia Hamm. Dann wäre doch das Verhältnis sofort klar. Ein Mädchen musste als Vorbild doch eine Frauenfußballerin haben. Und hat auch wie ein Mädchen zu spielen! Aber Messi war das anscheinend egal.

Das machte Benni neugierig. Nicht, dass er fürchtete, seinen Platz zu verlieren. Aber sein gemütliches Leben als Superstar würde demnächst öfter auf die Probe gestellt werden. Das spürte er. Und darauf freute er sich. Denn ein König duldet keine Konkurrenz, und so würde er häufiger zeigen können, was er draufhatte. Andererseits konnte er sich beim besten Willen nicht vorstellen, dass fußballerischer Widerstand ausgerechnet von einem Mädchen kommen konnte.

Aber da hatten Benni und seine Gefolgschaft sich komplett verrechnet.

# Spielverderber

»Hilfe!!!!«, schrie Pepe und kam mit rudernden Armen auf seinem Skateboard durch die Bäckerei gefahren. Zwei Stühle hatte er schon umgekippt. Es war seine Leidenschaft, für Unruhe zu sorgen, wenn sie niemand gebrauchen konnte. Und Sportarten zu betreiben, die er noch nicht beherrschte. Messi riss die Augen weit auf, denn ihr Bruder steuerte direkt auf sie zu. Sie sprang von ihrem Stuhl auf und schaffte es gerade noch, den Topf mit grauer Farbe aus der Fahrbahn zu bringen. Dann versuchte Pepe sich mit den Händen am frisch gestrichenen Türrahmen festzuhalten, rutschte ab, rollte weiter und fiel schließlich rücklings auf einen Stapel Backbleche, die Fernando auf dem Tisch in der Backstube gestapelt hatte. Mit einem donnernden Krachen ging er mitsamt der Bleche zu Boden, nicht ohne vorher seine farbbeschmierten Finger an der frisch gestrichenen Wand zu verteilen. Und was machte Pepe dann? Er grinste. Und auch Messi musste grinsen. Der Rest der Familie kam aufgeregt angelaufen und konnte erst gar nicht mitlachen.

»Was war das?«, fragte Oma aufgeregt und beantwortete ihre Frage bereits eine Sekunde später selbst. Mama und Papa blieben vor Entsetzen stumm.

»Wenn ich mal kurz Tatort-Kommissarin spielen dürfte?«, kicherte Messi. »Die Fingerabdrücke am Türrahmen

und an den Wänden stimmen mit denen eines jungen Nachwuchs-Skateboarders überein, der hier zwischen 15 und 16 Uhr eindeutig beim Geisterfahren ohne Skateboard-Führerschein auf frischer Tat ertappt wurde. Frau Staatsanwältin, welche Strafe droht ihm für dieses Vergehen?« Messi schaute ihre Mutter an.

Petra González war noch immer sprachlos. Der Stress der vergangenen Wochen nagte an ihren Nerven. Sie konnte eigentlich keinen neuen gebrauchen. Auch Papa Fernando war weit davon entfernt, diese Slapstickeinlage lustig zu finden. Nur Oma Lämmerhirt hatte schnell die Sprache wiedergefunden.

»Höchststrafe, Frau Kommissarin!«, rief sie. »Entweder eine Woche lang Omas über die Straße helfen oder sieben Tage lang die Ergebnisse der fragwürdigen Backversuche eines gewissen Fernando González probieren!!« Oma grinste.

Messi war stolz auf ihre Oma. So eine tolle Frau!, dachte sie. Selbst im größten Chaos behielt Oma Lämmerhirt die Nerven und machte sogar noch Witze.

Fernando machte erst ein ziemlich angesäuertes Gesicht – schließlich ging die Bemerkung mit den fragwürdigen Backversuchen voll auf sein Konto –, aber er wusste auch, dass die ganze Situation schon schwierig genug war. Da brauchte man jetzt nicht noch mehr schlechte Stimmung.

»Also, Pepe, du hast es gehört. Ab jetzt bist du der Vorkoster!«, sagte er und atmete einmal tief durch.

»Und ich bringe freiwillig alle Omas auf dem Skateboard über die Straße«, lachte Pepe.

»Um Himmels willen!« Jetzt hatte auch Petra die Sprache wiedergefunden. »Wir sorgen schon für genug Aufregung in Erfurt. Da können wir nicht auch noch Omas auf ein Skateboard stellen.«

»Wir könnten aber rollende Bretter unter die ganzen Rollatoren bauen«, schlug Pepe vor.

»Und wozu soll das gut sein?«, fragte Petra.

»Das ist dann ein Skatollator. Neue Geschäftsidee. Für so tolle Omas wie dich!« Pepe warf Oma ein Luftküsschen zu.

»Du immer mit deinen Geschäftsideen, kleiner Schleimer«, sagte Fernando. »Erst wird die Strafe abgearbeitet. Also: Wand ausbessern und Bleche stapeln. Und zwar rápido!«

Messi drehte sich zu ihrer Mutter um.

»Mama, ich muss noch was für die Schule tun ...« Sie hoffte, sich mit dem Argument zurückziehen zu können.

»Aber die Spurensicherung muss noch die Fingerabdrücke beseitigen, Frau Kommissarin«, sagte Petra mit gespielter Ernsthaftigkeit.

»Nur, wenn ich morgen frei bekomme«, schmollte Messi. »Ich habe nämlich ein Spiel.«

»Toll! Na siehst du, wie schnell das geht«, rief Fernando, der schon wieder Teig knetete. »Nur um Punkt drei

Uhr musst du hier sein. Unbedingt! Dann kommt der neue Kühlschrank. Und wir sind mit Oma unterwegs.«

»Messi, du guckst gerade so, als wäre dir Ronaldo persönlich begegnet«, sagte ihre Mutter.

Das wäre mal was, fand Messi. Die wirkliche Katastrophe aber war: Um drei sollte das Spiel stattfinden!

22:18 UHR

Hallo, ihr Süßen, hier bin ich wieder, das Fußballwaisenkind Messi aus dem Thüringer Land. Ich bringe neue Botschaften. Ich habe einen echt verrückten Tag hinter mir. Die neue Klasse war schlimmer als erwartet. Der Oberspinner mit seinen kickenden Zombies sitzt mir direkt gegenüber. Er hat mich eingeladen. Aber nicht, was ihr denkt. Er will, dass ich mit in seinem Fußballteam des Grauens spiele. Bei den Unbeatables! Er glaubt, ich bin ein Opfer. Aber da hat er sich getäuscht. Denen werde ich schon zeigen, was ich draufhabe. Vielleicht kann ich den Jungs ja Manieren beibringen. Wenn es schon kein Mädchenteam gibt, ist das möglicherweise meine einzige Zukunft am Ball. Sorry, Ladys!

Die anderen Mädels in der Klasse sind ganz okay. Ellie ist 'ne Wucht, hat keine Angst, auch nicht vor den Jungs, Yalla ist echt interessant, läuft traditionell mit Kopftuch rum, hat aber ihren eigenen Style. Mit denen habe ich mich angefreundet. Und Pia, die High-Heel-Queen-of-Fashion, ist auch dabei. Das ist 'ne Totaltusse, die den Jungs hinterherläuft.

Sie versteht vermutlich nicht mal, was Abseits ist. Na ja, aber das Schlimmste ist, dass meine Eltern wollen, dass ich für eine Kühlschranklieferung zu Hause bleibe. Am Nachmittag, wenn das Spiel läuft. Aber ich werde mich aus dem Haus schleichen. Ich hab Pepe mit Ritterfiguren und Süßigkeiten bestochen. Der wird das machen. Obwohl ich nicht davon überzeugt bin, dass es gut geht. Aber Spiel ist Spiel! Das wisst ihr doch am besten. Und morgen kämpfe ich und bin in Gedanken bei euch.

Heja BVB! Ciao, ihr Süßen!

# Wetten, dass?!

Als Messi am nächsten Tag in die Schule kam, war ihr ziemlich mulmig zumute. Schließlich gehörte sie noch keine vierundzwanzig Stunden zu dieser Klasse und war bereits Gesprächsthema Nummer eins. Schon im Bus, den sie diesmal an der richtigen Haltestelle verließ, tuschelten hinter ihr mehrere Jungs. Aber sie konnte genau hören, worüber sie sprachen.

»Guck mal, da ist die Spanierin, die die Unbeatables herausfordert. Traut sich ganz schön was«, sagte ein Knirps mit Zahnlücke.

Ein anderer mit Schalke-T-Shirt bemerkte nur trocken: »Hat eh keine Chance, soll ja BVB-Fan sein. Hoffentlich stampfen die sie ein.«

»Wetten, dass die ab morgen zum Volleyball wechselt«, fügte ein Fettkloß hinzu, der wahrscheinlich Hallenhalma schon anstrengend fand.

Es war klar: Nicht wirklich viele Mitschüler drückten ihr die Daumen. Aber das war Messi gewohnt. Sie hatte sich schon immer durchsetzen müssen. Warum also nicht auch jetzt?

Im Klassenraum herrschte gespannte Ruhe. Die allerdings war schlagartig beendet, als Messi den Raum betrat.

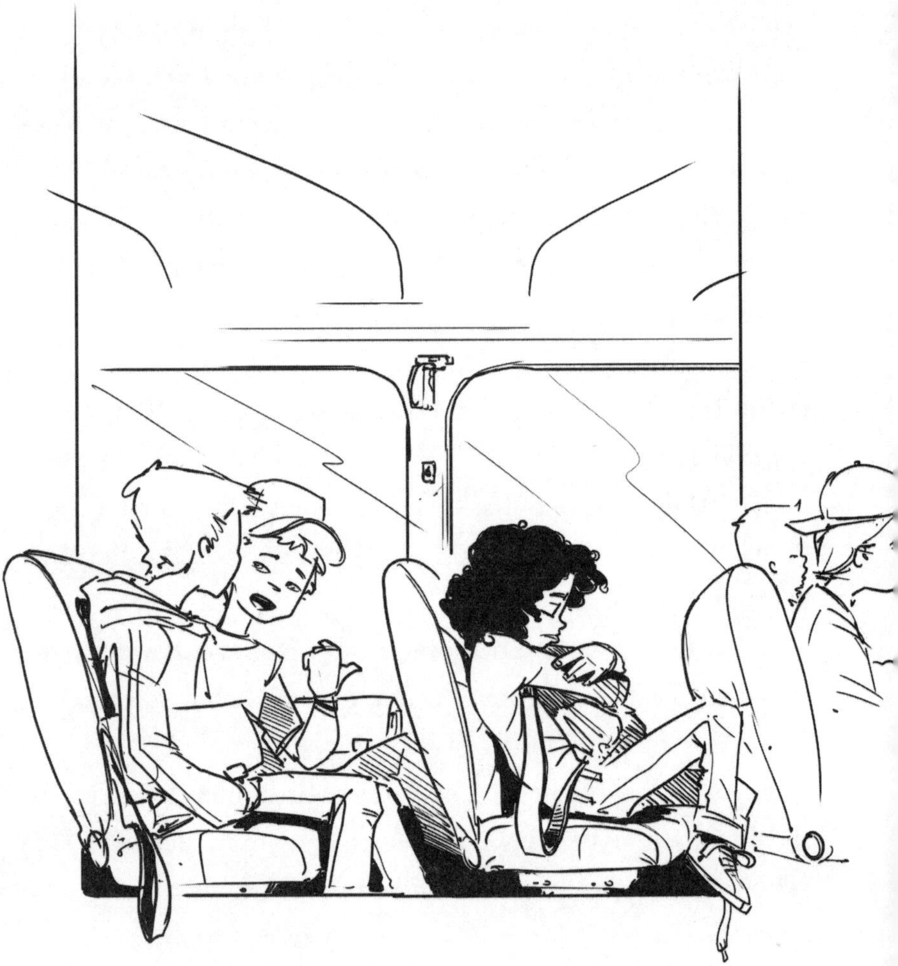

»Ah, da kommt ja das Fußballwunder!«, rief Burak.

»Ja, stimmt! Die wird sich wundern«, sagte Benni lachend und machte eine angedeutete Verbeugung.

»Ihr seid doof«, mischte sich Yalla ein. »Wartet doch mal ab. Vielleicht spielt sie euch den Ball durch eure Stelzenbeine, und ihr merkt es nicht mal.«

»Cousine, misch dich nicht in Jungskram ein!«, fauchte Burak zurück.

»Sobald ein Mädchen dabei ist, liebster Cousin, ist das kein Jungskram mehr. Dann sind wir unter Schwestern«, konterte Yalla und zwinkerte Messi zu.

»Außerdem hätte die Abteilung Größenwahn durchaus mal 'ne Abreibung verdient. Also, ich bin für Messi«, mischte sich jetzt auch Ellie ein.

»Kann ich bitte auch mal was sagen?!«, fand Messi ins Gespräch zurück.

»Genau, lasst sie doch auch mal reden. Fänd ich nur fair«, rief Olli, ein Junge, der Messi schon aufgefallen war. Er gehörte zwar zu den Unbeatables, machte aber den Eindruck, als wäre er ganz okay. Im Gegensatz zu den anderen.

»Ich spiele Fußball, weil ich nichts lieber mache als das. Das mache ich nicht, um damit zu protzen. Das unterscheidet uns. Aber wenn ihr mich so nett bittet, dann spiele ich gern mal mit«, sagte Messi und setzte sich auf ihren Platz.

»Oho, oder besser *Olé*, sie hat gesprochen«, lachte Benni.

»Ich weiß zwar nicht, warum du dir so sicher bist, aber ich kann dir versprechen: Wir werden fair sein.« Benni, Olli und Burak stießen ihre Fäuste gegeneinander.

Messi wurde trotzdem das Gefühl nicht los, dass es mit der Fairness bei den Jungs nicht allzu weit her war.

Pia, die wieder in den Schminktopf gefallen war, stand auf. »So, genug gequatscht, jetzt die restlichen Einsätze, bitte«, rief sie.

Messi kapierte überhaupt nichts mehr. »Was machen die?«, fragte sie Ellie.

»Die wetten auf das Spiel. Ob sie dich fertigmachen oder nicht!«, antwortete Ellie und fügte hinzu: »Aber so richtig will das nicht laufen. Du scheinst eine unberechenbare Variable zu sein!«

»Bist du gut in Mathe?« Messi war perplex.

»Nö, aber die da.« Sie zeigte auf ein unscheinbares Mädchen, das auch als Junge durchgegangen wäre.

»Das ist Ronja, unser Computerfreak«, sagte Ellie. »Sie hat gesagt, sie hätte das alles durchgerechnet. Rein statistisch hättest du keine Chance, aber solange dich keiner spielen gesehen hat, seiest du eben eine unbekannte Variable. Und da wäre es tatsächlich möglich, dass du eine Chance hast. Also wie beim Würfeln. Da kommen ja auch manchmal drei Sechsen hintereinander.« Ellie grinste breit.

»Wir spielen Fußball, wir würfeln nicht. Sonst wär's ja Kniffel!« Messi lachte.

Währenddessen versuchte Pia, noch mehr Leute zum Wetten zu überreden.

»Was ist mit euch, Mira und Marie? Ihr steht doch so auf Pferde. Da kennt ihr das mit den Wetten doch. Also bitte, euer Einsatz.«

Mira und Marie waren Zwillinge, die so aussahen, als ob das Leben an ihnen einfach so vorbeirauschen würde. Die beiden waren sehr nett. Erzählte jedenfalls Ellie. Sie waren aus gutem Hause, musisch top gequält mit Geige und Klavier, durften aber reiten gehen. In der Schule waren sie meist ziemlich schüchtern und träumten vor sich hin. »Die warten in ihrem Reitstall wahrscheinlich auf den Prinzen, der sie wachküsst und dann mal schnell die Welt retten geht«, sagte Ellie leise kichernd.

Aber von Fußball haben die beiden Hübschen bestimmt keine Ahnung, dachte Messi.

»Wir setzen nicht«, sagte Marie, und Mira nickte eifrig zur Bestätigung. »Wir finden jede Form von Wetten scheußlich!«

»Mann, hier geht es nicht um den Weltfrieden, hier geht es um die richtige Seite«, sagte Pia und fügte hinzu: »Der Sieger bekommt von mir jedenfalls einen Kuss!« Sie erntete Pfiffe und Gelächter. Außer von Olli, der guckte zerknirscht. Aha, dachte Messi, steht Olli vielleicht auf Pia und wird eifersüchtig?

Herr Wolters, der Mathelehrer, betrat die Klasse. Augenblicklich verstummte die Diskussion. Mit Herrn Wolters war nicht zu spaßen. Nur Ronja bekam leuchtende Augen. Sie hatte was übrig für Tangenten und Hypotenusen.

Das kann ja ein schöner Nachmittag werden, dachte Messi, als die ersten Formeln auf die Tafel flogen. Die Aussicht, von Pia geküsst zu werden, war zwar nicht so prickelnd, schreckte sie aber nicht ab. Sollten sie doch alle ihre Wetten verlieren.

Sie schaute auf die Uhr. Halb neun erst.

Noch sechseinhalb Stunden bis zum Anstoß.

## Glück kann man immer gebrauchen

Die Zeit in der Schule verging für Messi wie im Flug. Sie war zwar anwesend, aber nicht da. Immer wieder stellte sie sich vor, wie der Nachmittag ablaufen würde. Sie hatte Vertrauen in sich und ihr Spiel. Aber würde das reichen, um mit den Unbeatables mitzuhalten?

Sie wurde erst wieder richtig wach, als sie nach der Schule nach Hause kam. Denn sie hatte noch einiges zu organisieren. Ihre leuchtend gelben Fußballschuhe mussten noch geputzt werden, und klar war auch, dass sie im BVB-Outfit auflaufen würde. Damit würde sie sich zwar wieder einige Sprüche einhandeln, aber das war ihr egal. Sie musste sich schließlich wohlfühlen. Dann würde sie, wie es im Fernsehen immer so schön hieß, ihre beste Leistung abrufen können.

Aber erst einmal rief Pepe.

»Felicitas, wenn der Mann mit dem Kühlschrank kommt, soll ich ihm etwas backen?« Er hatte sich anscheinend vorgenommen, Messi noch ein bisschen zu ärgern.

Pepe kam die Treppe zur Backstube herunter, wo Messi ihre Schuhe im großen Waschbecken sauber schrubbte. Sie waren seit dem letzten Spiel mit ihrem Dortmunder Team nicht mehr geputzt worden. Dementsprechend hart war die Arbeit gegen den getrockneten Matsch.

»Du machst nichts, überhaupt nichts, hörst du?!«, sagte Messi, während sie ihre Schuhe auf Hochglanz brachte. »Papa hängt dich persönlich in den Ofen, wenn du hier etwas anrührst. Also, Finger weg!«

»Pepe in Blätterteig, könnte lecker sein«, lachte er.

»Der Blätterteig auf jeden Fall«, erwiderte Messi, »aber bei dir bin ich mir nicht so sicher.«

Sie musterte ihren Bruder. Ein fröhliches Kerlchen. Leider unberechenbar. Ausgerechnet heute musste er aber einmal zuverlässig sein.

»Hör mal, Pepe, wenn ich gleich weg bin: Bitte kein Skateboard fahren, keine Anrufe beim Pizzadienst, und der Kühlschrank-Mann möchte deine Rittersammlung auf keinen Fall sehen! Ist das klar?!« Messi konnte sehr streng und böse gucken, wenn sie wollte.

»Klar«, sagte Pepe, »aber so billig kriegst du mich nicht!«

»Ich habe verstanden«, seufzte Messi, »also wenn hier alles sauber läuft, lege ich noch den neuesten Dinosaurier obendrauf. Dann ist aber Schluss! Aus! Ende! Sonst Ofen!« Messi guckte noch einmal so böse wie möglich.

»Okay«, lachte Pepe, »also lade ich ihn höchstens auf eine Partie Fußball auf der Playstation ein.«

Die letzten Worte gingen in einen Schrei über, denn Messi hatte den kleinen Schlauch vom Waschbecken in Pepes Richtung gehalten. Volltreffer, versenkt! Bruder nass, Klappe zu.

Aber auch sie war fertig. Sie schaute sich noch einmal kurz im Spiegel an und war zufrieden. So müssen Fußballerinnen aussehen.

Auf ihrem Fahrrad flitzte sie quer durch die Stadt. Das war schon mal eine gute Aufwärmübung. Ihr Weg zum Spiel führte an einem alten Kahn vorbei, der rot von Rost auf der Gera am Ufer lag. Links neben dem Weg stand ein alter Schuppen, vor dem es aussah wie in einem Schrottmuseum. Dort standen Skulpturen aus Stahl auf einer großen Wiese.

Vor dem Schuppen saß ein älterer Mann und schweißte altes Metall zu einem Kunstwerk zusammen. Messi konnte nicht erkennen, was es werden sollte. Aber sie erkannte jemand anderes. Ronja, die Computermaus aus ihrer Klasse, saß neben dem Bastler und malte mit Kreide Formeln auf den Steinboden vor dem Schuppen. Selbst am Nachmittag arbeitete sie noch daran, später einmal den Nobelpreis zu kriegen.

»Hallo, Ronja!«, rief Messi und hielt an. »Rechnest du noch meine Chancen aus?«

Ronja blickte auf. »Da brauche ich nichts zu rechnen. Das hat mit Logik nichts zu tun.«

»Stimmt«, sagte Messi, »wenn etwas unlogisch ist, dann der Fußball. Da kann selbst ein durchschnittliches Team an einem guten Tag eine Spitzenmannschaft schlagen.«

»Was machst du hier?«, fragte sie Ronja.

»Ich besuche meinen Opa«, erklärte Ronja und deutete auf den älteren Mann neben sich. »Er versteckt sich gerade hinter einer Schweißbrille. Ich glaube, ich habe Opa noch nie ohne seine grüne Latzhose gesehen. Das ist seine Werkstatt. Er bastelt immer, wenn er Zeit hat. Und schweißt zusammen, was eigentlich nicht zusammengehört.«

»Schönes Motto«, fand Messi, »könnte auch gut für ein Fußballteam gelten.«

So viel auf einmal hatte sie Ronja bisher noch nicht reden hören. In der Schule war sie eher schweigsam bis wortkarg. Ronjas Opa bemerkte Messi gar nicht. Er war vertieft in seine Arbeit.

»Opa macht sich nichts aus Fußball. Dabei habe ich eine interessante Berechnung angestellt. Wusstest du, dass der völlige Stillstand nur zu erreichen ist, wenn man entgegen der Erdrotation läuft?« Ronja schaute triumphierend.

»Nee, wusste ich nicht. Aber wenn ich auf die Uhr schaue, ist Stillstand auch nicht gerade das Topthema für mich. Ich bin zu spät. Bis morgen.«

Messi schwang sich auf ihr Fahrrad und strampelte, was die Pedale hergaben.

»Viel Glück!«, rief ihr Ronja nach.

Trotz aller Hektik konnte Messi lesen, wie der alte Schleppkahn hieß, an dem sie gerade vorbeifuhr. In alten verblichenen Buchstaben stand da FORTUNA.

»Danke!«, rief Messi zurück.

Und dachte, dass sie ein bisschen Glück tatsächlich gebrauchen konnte.

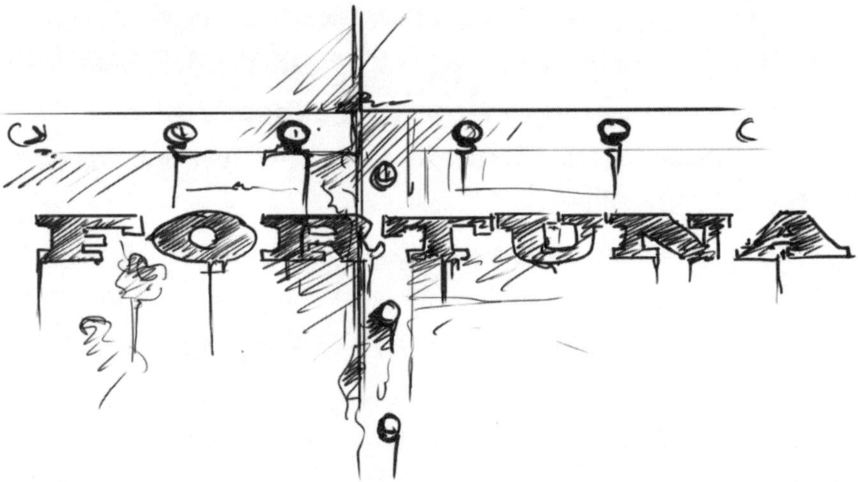

# Zidane-Trick

Lauf mit dem Ball und werde langsamer, bis du mit dem rechten Fuß auf den rollenden Ball steigen kannst. Dreh deinen Oberkörper ...

... nach links. Wenn du auf dem Ball stehst, drück dich mit dem Fuß nach oben und dreh deinen Körper weiter.

Spring vom Ball ab und mit dem linken Fuß drauf, dreh dich dabei weiter. Jetzt steht der rechte Fuß auf dem Boden und der linke zieht den Ball ...

... nach hinten. Bring die Drehung zu Ende und spiel mit dem rechten Fuß weiter, als sei nichts gewesen.

# Game over

Sie folgte den Schildern zur alten Mühle. Dort war der Platz, wo sie mit den Jungs spielen sollte. Die sportliche Heimat der Unbeatables. Als sie um die letzte Häuserecke bog, stockte Messi der Atem. Ihr Auftritt heute schien ja ein echtes Spitzenspiel zu sein. Denn fast die halbe Schule war da. Es hagelte Pfiffe und Gejohle, als Messi aufs Spielfeld kam. Es war ein bisschen wie bei einem Gladiatorenkampf. Das Schulvolk wollte ein Spektakel. Ein Mädchen spielt mit den Jungs. Und nicht mit irgendwelchen. Nein, mit den Unbeatables. Das hatte es noch nie gegeben.

Doch bevor der Ball rollte, gab es erst mal einen anderen Schlagabtausch.

»Na, Kanarienvogel, willst du fliegen?«, begrüßte sie Burak auf dem Platz.

»Tja, sie ist gelb und sieht vermutlich gleich schwarz.« Das kam von Benni.

Von wem auch sonst? Messi hatte sich auf blöde Sprüche eingestellt. Deshalb konnte sie das jetzt nicht schocken. Sie stellte ihr Fahrrad ab und sah zu den Zuschauern. Die standen in kleinen Grüppchen am Spielfeldrand. Ellie und Yalla standen direkt neben Pia und winkten ihr tatsächlich zu. Pia hatte ein Plakat gemalt. Wie peinlich war das denn?!

ICH KÜSSE NUHR SIEGER! stand auf einem weißen Karton, den sie hochhielt. Hatte ihr schon jemand Bescheid gesagt, dass sie den Spruch lieber nicht mit in den Deutschunterricht bringen sollte? Mira und Marie jedenfalls nicht. Die waren bestimmt auch nur da, weil im Reitstall die Pferde geimpft wurden und nicht geritten werden konnten. Und hatten ebenfalls ein tolles Plakat vorbereitet: *HÜAH LEON!* stand drauf und damit bewiesen sie natürlich ihren absoluten Fußball-Unsachverstand. Der momentane Traumboy von Pia-mit-H war nämlich der Bruder der reitenden Zwillinge. Und so was wie der Ibrahimović von Erfurt. Machte dauernd Tore, aber auch jede Menge Mist. Das schien anzukommen. Zumindest bei Pia.

Olli, wie alle anderen Unbeatables ganz in Rot, kam auf Messi zu.

»Hallo, Messi, du bist wieder zu spät. Damit du weißt, was es heißt, auf die Zeit zu achten: Wir spielen zweimal dreißig Minuten.«

»Wenn ihr das nicht zu lang ist«, mischte sich Burak ein.

»Halt doch mal die Klappe«, fuhr Messi Burak an, »das wird schon seinen Grund haben, warum nicht du mir die Regeln erklärst!«

»Was willst du damit sagen? Dass ich blöd bin, oder was?!« Burak baute sich vor Messi auf, war aber leider einen halben Kopf kleiner als sie.

»Ich will sagen, dass das kein Duell auf Augenhöhe ist«,

konterte Messi, woraufhin die Menge lachte und Burak die Adern am Hals auf die Größe von Fahrradschläuchen anschwollen.

»Also weiter, es geht sechs gegen sechs, ohne Schiri. Wir haben schon mal gewählt, du spielst mit Benni und mir. Burak und Leon sind auf der anderen Seite«, fuhr Olli fort.

Du liebe Güte, Burak als Gegenspieler. Das hätte auch einfacher sein können, dachte Messi und biss sich auf die Lippe.

»Mir egal, mit wem oder gegen wen ich spiele. Hauptsache wir spielen Fußball!«, sagte sie hart, um sich keine Blöße zu geben.

Benni, der die ganze Zeit mit Ballhochhalten beschäftigt war, nahm den herabfallenden Ball volley und schoss in Messis Richtung. Er ging nur knapp an ihrem Kopf vorbei.

»Idiot!«, rief Messi erschrocken.

»Nun wollen wir mal sehen, ob wir auch das Gleiche unter Fußball verstehen«, flüsterte Benni Burak verschwörerisch zu.

Dann begann das Spiel.

Eigentlich lief es ganz gut für Messi. Sie bot sich an, ließ sich zurückfallen, wechselte die Seiten. Nur der Ball war ihr bisher nicht vorgestellt worden. Irgendwie lief der immer dahin, wo sie nicht war. Stand sie völlig frei auf der rechten Außenbahn, kam garantiert ein weiterer Flügelwechsel nach links.

»Zum Spiel öffnen!«, rief Benni ihr zu, als sie sich lautstark beschwerte.

Sie wurde geschnitten. Eindeutig. Das hatten sie also abgesprochen, die mutigen Unbeatables. Garantiert, um hinterher zu sagen, sie könnten keine Spielerin gebrauchen, die so wenig Ballbesitz hat.

Aber da hatten sie die Rechnung ohne die spanische Neu-Erfurterin gemacht. Als Burak einen Pass auf Leon wieder mal zu kurz spielte, sprintete Messi dazwischen und nahm sich den Ball. Blitzschnell wechselte sie die Richtung und spielte einen tollen Diagonalpass auf Olli.

»Super!«, rief der, als der Ball noch in der Luft war, um gleich danach einfach am Ball vorbeizulaufen.

»Kannst du auch genau abspielen?«, rief Benni Messi hämisch zu.

»Seid ihr bescheuert?!« Messi schäumte vor Wut. »Den hätte er ganz einfach annehmen können!«

»Das kann man so oder so sehen«, blieb Benni stur.

Messi gab sich weiter Mühe, doch die Jungs ließen sie immer wieder ins Leere laufen. Mit jeder verpassten Aktion verlor Messi auch an Motivation. Jeder konnte ihr Talent sehen, aber was nützte das, wenn sie es nicht einsetzen konnte.

Stattdessen wurde jede noch so kleine gute Aktion der Jungs vom Publikum frenetisch bejubelt. In der Halbzeit stand Messi alleine am Rand, als Ellie, Yasna und auch Ronja zu ihr kamen.

»Wie doof ist das denn?!«, ärgerten sie sich. »Die Jungs sprechen sich ab und das Publikum ist das totale Heimpublikum.«

»Du machst das super«, sagte Ellie zu Messi, »aber wenn du hier was reißen willst, dann musst du für Furore sorgen. Pack den Torero aus!« Ellie zeigte ungewollt ziemlichen Sachverstand. Denn sie hatte völlig recht. Wenn schon untergehen, dann mit Pauken und Trompeten. Mehr Risiko, anders würde es nicht gehen.

»Ich habe eine Statistik ausgewertet. Demnach werden über sechzig Prozent der Tore in der zweiten Halbzeit gemacht. Also ist noch alles drin«, mischte sich Ronja ein. Aus den Augenwinkeln sah Messi Ronjas Opa am Spielfeldrand.

»Ich denke, dein Opa steht nicht auf Fußball«, bemerkte Messi und zeigte auf den Latzhosenträger.

»Ich weiß auch nicht. Als ich los bin, wollte er mit. Er hat gesagt, er hätte hier auch schon mal gespielt. Aber das wäre lange her.«

Während Ellie und die anderen Messi Mut zusprachen, saßen die Unbeatables zusammen, lachten viel und schauten immer wieder zu Messi rüber. Dabei fächerte Pia den Helden mit einem Handtuch Luft zu.

Feine Helden, dachte Messie. Jemanden zum Mitspielen einladen, um ihn dann doch nicht mitspielen zu lassen.

Ihr war klar: Wenn sie etwas zeigen wollte, musste sie es selber tun. Auf fremde Hilfe konnte sie heute lange warten.

»Pass auf Burak auf«, riet Yasna, als sie gegen Ende der Halbzeitpause wieder auf den Platz ging. »Mein Cousin ist nicht so helle, dafür aber nachtragend.«

Die zweite Halbzeit begann wie die erste. Wieder hatte Messi nur den läuferischen Spielanteil. Der Ballbesitz blieb gleich null. Aber kurz vor Ende war Burak einen Moment lang unaufmerksam. Er hatte den Ball mit dem Rücken zu Messi angenommen und fühlte sich sicher. Zu sicher. Denn Messi spitzelte den Ball durch Buraks Beine und lief dann frei auf das Tor zu. Messi hörte kurz noch Buraks wütenden Schrei, dann säbelte jemand sie von hinten um. Sie flog zwei Meter und landete sehr unsanft auf der Seite.

»Kein Foul!« Benni hob beide Arme. »Sie ist ausgerutscht. Falsche Schuhe, gelb, aber glatt!« Er grinste hämisch, und seine Mitspieler lachten. Nur Burak stand noch da, erstarrt wie eine Salzsäule, und verstand nicht, wie Messi ihm den Ball abnehmen konnte.

Inzwischen war Messi wieder auf den Beinen.

»Jeder hat gesehen, dass du mich weggegrätscht hast.« Sie war außer sich. »Das war nicht nur ein klares Foul, sondern auch ein klarer Elfmeter!«

»Sie möchte einen Elfmeter«, äffte Benni sie nach. »Für diese eindeutige Schauspielerei. Das wäre ja noch schöner.«

Eine Traube hatte sich im Strafraum gebildet. Plötzlich hatte Benni eine Hand auf der Schulter.

»Das war ein Elfmeter und ein klares Foul, Carl Benjamin Stegemann.« Ronjas Opa war auf den Platz gestürmt. Alle schauten ihn verwundert an. Doch der alte Mann machte einen sehr entschlossenen Eindruck. »Und wenn du

jetzt dieses Mädchen nicht den fälligen Elfmeter schießen lässt«, er kam näher an Bennis Ohr und flüsterte, »... dann sorge ich dafür, dass jeder erfährt, dass meine Enkelin dir Nachhilfe in Mathe gibt. Willst du das?«

Benni war komplett durcheinander. Das war Ronjas Opa?! Und woher wusste er seinen vollen Namen? Auf keinen Fall aber durfte das mit der Nachhilfe auffliegen.

»Okay«, stammelte er, »Elfmeter. Umstritten, aber kann man geben!«

Der Ober-Unbeatable hatte seine Rolle wiedergefunden. Gönnerhaft legte er Messi den Ball auf den Punkt.

Diese Chance ließ sie sich nicht entgehen. Sie legte sich den Ball noch einmal selber zurecht, nahm drei Schritte

Anlauf und donnerte den Ball in die rechte Ecke. Da konnte der Keeper sich noch so strecken. Er war geschlagen. Und damit auch der Rest der eigentlich Unschlagbaren.

Ein paar Mädchen jubelten, die meisten der Schüler taten aber eher so, als sei das Tor gar nicht gefallen. Vereinzelt hörte man den Begriff Fehlentscheidung. Das war's!

Messi war erstaunt. Denn das war genau die Aktion, die sie gebraucht hatte, um sich ins kollektive Jungengedächtnis zu schießen. Dachte sie.

Denn als Olli auf sie zukam, um ihr die Hand zu schütteln, verhinderte das Benni.

»Okay, du hast dein Tor geschossen«, sagte er von oben herab, »damit wollten wir dir eine Blamage ersparen. Jetzt bedank dich schön und fahr nach Hause. Das war doch nett von uns, oder?« Er blickte sich um und schaute zunächst in verwunderte, dann in grinsende Gesichter. Der Rest der geschlagenen Unschlagbaren hatte verstanden. Ihr Chef hatte das Ding gedreht. Und sie konnten erhobenen Hauptes abziehen.

Messi aber war so wütend, dass sie nicht wusste, ob sie lachen oder weinen sollte. Bevor sie auch nur einen klaren Gedanken fassen konnte, hatte sie sich schon aufs Fahrrad geschwungen. Was für schlechte Verlierer! Und sie hätte es wissen müssen!

Sie entschied sich, lange und ausgiebig zu heulen.

## 21:12 UHR

Hallo, zu Hause, die Entwurzelte spricht. Ich hab heute ein Tor gemacht. Und doch verloren. Das gibt es nur in Erfurt. Die unschlagbaren Jungs haben mit mir gespielt. Und gegen mich. Ein Theaterstück hätte nicht besser sein können. »Messis Untergang«, ein Drama in zwei Akten. Premiere und Ende der Spielzeit in einem. Aber daraus lerne ich. Keine Jungs mehr zum Fußballspielen. Ein paar nette gibt es trotzdem noch. Olli, einer der Unbeatables, ist nicht ganz so schlimm wie die anderen. Er wollte mir sogar zu meinem Elfmeter gratulieren. Die Mädels Ellie und Ronja sind auch echt zu gebrauchen. Ronja hat einen coolen Opa und einen Mathetick. Sie rechnet dauernd irgendwelche Wahrscheinlichkeiten aus.

Mit wem ich die nächste Zeit nicht reden werde, braucht sie nicht auszurechnen. Das ist Benni und seine Brut. Aber wartet ab. Es wird wieder bessere Nachrichten geben. Einen schönen Gruß von Pepe übrigens. Der hat die Smoothies von Fernando im neuen Kühlschrank eingefroren. Seine Geschäftsidee: Smoothies am Stiel. Leider waren die noch ohne Stiel und im Glas. Die sind geplatzt. Und damit auch meine freien Nachmittage für die nächste Zeit.

Ich erwarte die Hölle morgen in der Schule.

Küsschen und Heja BVB

## Nach dem Spiel ist vor der Eröffnung

Als der BVB-Wecker klingelte, drehte sich Felicitas noch einmal um. Aufstehen, was soll das?, fragte sie sich. Sie könnte Fieber vortäuschen oder Bauchschmerzen. So wie früher, wenn sie nicht in den Kindergarten wollte oder einfach nur einen Gammeltag mit Mama oder Papa den Erzieherinnen vorzog. Aber im Gegensatz zu damals würde es keinen Gammeltag mehr geben. Denn die Vorbereitungen für die Eröffnung der neuen Taparei Lämmerhirt liefen auf Hochtouren. Heute Abend sollte es einen großen Flamenco-Abend geben, an dem die neu gestalteten Räume und die vielen Spezialitäten vorgestellt würden. Spannung lag in der Luft. Und da war Krankheit keine Ausrede. Jeder, der nicht halb tot war, musste mit anpacken, damit alles klappte. Schließlich hatte die Traditionsbäckerei Lämmerhirt einen Ruf zu verlieren. Insofern war Messi als Drückeberger nicht gefragt. Dann also lieber Schule? Das war wie die Wahl zwischen Pest und Cholera oder besser zwischen Benni und Leon. Bahh! Dies würde kein schöner Tag werden. Aber sie beschloss, sich zu stellen. Schließlich hatte sie ein Tor geschossen und auch sonst alles richtig gemacht.

Auf dem Schulweg und in der Schule erlebte Messi eine Überraschung. Denn schon im Bus begegneten ihr diesel-

BVB

ben Jungs, die sich gestern noch über ihre Niederlage gefreut hatten, mit einer Mischung aus Gleichgültigkeit und Respekt. Das jedenfalls meinte sie aus ihren Blicken lesen zu können. Und ähnlich war das Zusammentreffen mit den anderen in der Klasse. Kurz verstummten die Gespräche, als Messi den Klassenraum betrat. Sie erwartete den ersten Angriff. Aber der kam nicht. Benni und seine unverschämte Bande blickten nur kurz auf, redeten dann aber weiter. Es war so, als ob sie plötzlich nicht mehr interessant wäre. Messi wusste nicht, ob das ein gutes oder schlechtes Zeichen war. Sie setzte sich zu Yasna, als plötzlich Pia auf sie zukam.

»Felicitas, meine Liebe«, begann sie sehr schwülstig, »ich habe mich den ganzen gestrigen Abend gefragt, ob du jetzt der Gewinner warst oder nicht. Nach reiflicher Überlegung«, was für sie eher eine Ausnahme gewesen sein musste, »bin ich zu der Überzeugung gekommen, dass der Elfmeter zwar nicht berechtigt war, schließlich hat Benni nichts gemacht, aber am Ende zählt auch das Tor. Es ist also quasi unentschieden ausgegangen. Und deshalb«, sie machte eine kleine Pause und fügte dann schnell hinzu, »muss ich dich auch nicht küssen!« Sie drehte sich um und setzte sich wieder auf ihren Platz. Messi hatte hundert Fragezeichen im Gesicht. Hatte Pia wirklich kurz mit dem Gedanken gespielt, sie zum Sieger zu erklären? Und hätte sie ihr wirklich einen Kuss aufgedrückt? Das bewegte offensichtlich auch die Unbeatables, denn die waren jetzt wieder in der Kampfzone.

»Du hättest Messi geküsst?«, fragte Burak entsetzt, aber auch amüsiert.

Pia zuckte mit den Schultern.

»Wahre Liebe gibt es eben nur unter Frauen!«, sprintete Ellie dazwischen.

»Wahre Liebe gibt es nur unter Männern. So heißt das richtig«, erwiderte Burak und lieferte seine Hinrichtung auf dem goldenen Tablett.

»Ach, du liebst Männer?« Yasna hatte darauf nur gewartet. Damit hatte sie ihren Cousin, für den der Begriff Macho viel zu harmlos war, an der Angel.

»Ich ... ich ...« Burak stotterte und wieder wurden die Fahrradschläuche an seinem Hals sichtbar. »Ich glaube, ich spinne«, brachte er den Satz zu Ende.

»Das glauben wir auch«, grinste Yasna, und Ellie und Messi nickten.

»Das war ein klarer Punkt für die Gegenseite«, bemerkte Olli. Benni guckte ihn böse an.

»Egal, wie stark du dir vorkommst, Messi. Und egal, ob du gestern ganz ordentlich gespielt hast: Was dir immer noch fehlt, ist ein Team. Und weißt du was?« Benni wurde deutlich. »Bei uns kommst du nicht unter! Es sei denn, du möchtest unsere Trikots waschen. Dann bist du herzlich willkommen.«

Das hatte gesessen. Aber es tat lange nicht mehr so weh wie am Tag zuvor. Denn Messi hatte gezeigt, dass man mit ihr rechnen musste. Und dass sie schon mehr Verbündete besaß, als sie gestern noch gedacht hatte.

Tagelang hatte die ganze Familie González die Nachbarschaft durchkämmt und Flyer verteilt. Mit dem Bollerwagen waren nicht nur Messi und Pepe nach der Schule komplett im Dienste der Werbung unterwegs gewesen. Auch Oma Lämmerhirt hatte ihre alte Kundenkartei ausgegraben und alle angerufen, die schon mal etwas in der Bäckerei bestellt hatten.

Messi war das alles ein bisschen peinlich. Denn auf dem Flyer für die Taparei Lämmerhirt war ein Foto der ganzen Familie. Dafür hatten sich alle hübsch machen müssen. Auch Messi. Und das war so gar nicht ihr Ding. Sie bevorzugte eher lässige Klamotten. Ihre Mutter nannte sie den »Sweatshirt-Typ«. Deshalb war das Kleid mit den Rüschen, das sie auf dem Bild trug, eine echte Herausforderung gewesen. Auch in ihre Haare war ein Schleifchen geflochten. So entstand der Eindruck, als hätte sie gerade das Finale von Shopping Queen gewonnen, hätte dafür aber nur in einem spanischen Flamenco-Geschäft einkaufen dürfen. Tja, manchmal sind die spanischen Wurzeln schön, manchmal aber auch lästig.

Pepe trug ein maßgeschneidertes Torero-Kostüm, Papa einen schicken dunkelroten Anzug und Mama ein feuerrotes enges Kleid und eine farblich dazu passende Rose im

Haar. Selbst Oma hatte sich richtig in Schale geworfen. Sie trug ihr Lieblingskleid, das sie zum letzten Mal angezogen hatte, als sie und Opa ihre Silberhochzeit feierten. Weiß, mit Spitze und Schleifen. Alles sah fast so aus wie auf einem Hochzeitsfoto. Und das Motto könnte ja sogar stimmen: Wir trauen uns! Wir trauen uns, eine Traditions-Bäckerei in Erfurt so zu verändern, dass sie keiner mehr erkennt. Und alle hofften, dieser Schuss würde nicht nach hinten losgehen.

Kurz vor sieben Uhr hatte die Nervosität ihren Höhepunkt erreicht. Die ganze Familie saß herausgeputzt im Café und wartete auf die Gäste. Fernando war in letzter Minute fertig geworden und verteilte nun die Backwaren dekorativ in Körbe und platzierte die süßen Sachen auf Kuchenplatten und Etagèren. In den letzten Tagen hatte er deutlich weniger weggeschmissen als zuvor. Nicht nur deshalb verriet sein Gesichtsausdruck jetzt Zufriedenheit und Stolz. Es sah auch alles so lecker und appetitlich aus. Die Auslagen waren gefüllt mit kleinen braunen Tontöpfen, in denen die unterschiedlichsten Tapas darauf warteten, verzehrt zu werden. Und es duftete köstlich nach frischem Brot und Gebäck.

Ein Freund der Familie saß mit seiner Gitarre auf einer provisorischen Bühne, und Mama würde später zu Flamenco-Musik tanzen.

Messi und Pepe sollten mithelfen, die Gäste zu versorgen, und Oma Lämmerhirt, der gute Geist der Familie, würde von Tisch zu Tisch gehen und hier und da ein Schwätzchen halten. So hatten ihre Eltern sich den Abend vorgestellt.

Aber leider lief er dann ein bisschen anders. Denn auch um halb acht war gähnende Leere im Laden. Vereinzelt liefen draußen Leute vorbei, blickten kurz durch die Scheibe und gingen dann weiter. Keiner aus der Familie González ließ sich anmerken, wie groß die Enttäuschung war.

Doch plötzlich ging die Tür auf und in der Tür stand: Yalla! Sie hatte ein großes Blech voller Süßigkeiten in der

Hand. Messi freute sich wahnsinnig. Yalla war die Einzige aus ihrer Klasse, die vorbeischaute. Und sie hatte sogar ihre Eltern mitgebracht.

»Herzlich willkommen in Erfurt«, sagte der Vater von Yalla. »Ich weiß, wie das ist, wenn man eigentlich nicht fremd ist, aber sich dennoch fremd fühlt.« Yallas Eltern waren beide in Deutschland geboren, aber die Großeltern hatten oft erzählt, wie es war, als sie damals aus der Türkei nach Deutschland gekommen waren. Ganz so war das natürlich für Messi und ihre Familie nicht. Aber es tat gut, zu hören, dass jemand Verständnis für ihre Situation hatte.

»Danke«, sagte Fernando. »Die süßen Köstlichkeiten stelle ich zu den frischen Brötchen.« Er zwinkerte Yalla verschwörerisch zu. »Dann wird das heute Abend eben ein türkisch-deutsch-spanischer Abend!«

Eine halbe Stunde später waren noch ein paar Gäste mehr erschienen.

»Was heißt tanzen auf Türkisch?«, fragte Petra die Mutter von Yalla.

»Oynamak«, antwortete sie, und kaum hatte sie es gesagt, sprang Petra auf die Bühne.

»Liebe Gäste!« Sie schaute in die Runde. »Willkommen in der Taparei Lämmerhirt. Auch wenn wir heute Abend nicht so ganz viele sind, freue ich mich, dass Sie alle da sind. Und vor allem möchte ich danke sagen. An Fernando, für seinen unermüdlichen Einsatz am Ofen, und an Messi und

Pepe, die so toll mitgeholfen haben. Und auch an meine Mutter, die uns Chaoten die Chance gibt, hier noch einmal neu anzufangen.« Ihr schossen die Tränen in die Augen. »Vielleicht spricht es sich ja rum, dass wir uns mit der Bäckerei ganz viel Mühe geben.«

Alle klatschten. Oma Lämmerhirt fiel ihrer Tochter um den Hals.

»Wenn ich könnte, würde ich tanzen!«, rief sie. »Aber dann hört man die ganze Zeit die künstliche Hüfte klappern. Das wäre nicht schön.«

Jetzt lachten alle. Das Eis war gebrochen. Egal, wie viele Leute da waren: Der Abend sollte schön enden.

Und schon begann die Musik und Petra tanzte Flamenco. Die Zuschauer waren begeistert. Nur eine war hin- und hergerissen: Messi. So sehr sie sich für ihre Mutter freute, so deutlich kamen auch ihre eigenen Gefühle durch. Sie musste unbedingt mit jemandem reden. Sie guckte Yalla an und die verstand sofort.

»Komm, wir setzen uns ins Treppenhaus«, forderte sie Messi auf. »Da haben wir unsere Ruhe.« Kaum saßen sie nebeneinander, sprudelte es aus Messi nur so heraus. Sie erzählte Yalla von ihrer alten Mannschaft in Dortmund, von ihrer Liebe zum Fußball, von der schweren Zeit in Erfurt und dem Frust mit den Unbeatables.

»Ich bin stark, Yalla, aber im Moment ist einfach alles zu viel. Nur Baustellen und ...«, sie begann zu weinen, »weit

und breit kein Bagger in Sicht, um den ganzen Schrott wegzuräumen!«

Yalla verstand und legte den Arm um sie: »Ich weiß, was du brauchst! Eine Yalla, die mal ganz schnell die Situation analysiert. Also aufgepasst!«

Sie machte ein Gesicht, als sei die Lösung von Messis Problemen das Einfachste der Welt.

»Also, Messi, du willst den Jungs heimzahlen, dass sie dich gelinkt haben. Stimmt's?!«

Messi nickte.

»Dann besorg dir ein Team!« Yalla strahlte.

»Tolle Idee, Yalla, aber hier gibt es keins. Das habe ich dir doch gerade erzählt«, antwortete Messi frustriert. Hatte Yalla ihr nicht zugehört?

»Für Mädchen ist Erfurt fußballtechnisch ein weißer Fleck auf der Landkarte«, legte Messi nach. »Aus. Ende. Wenn ich mich klonen könnte, bestünde vielleicht eine Möglichkeit. Aber so ...!«

»Dann musst du eben aufhören zu jammern«, erwiderte Yalla, »und dir ein eigenes Team aufbauen.«

»Und wer soll bitte schön da mitspielen?« Messi guckte, als hätte sie gerade der Mannschaftsbus überfahren.

»Na, ich wäre dabei«, sagte Yalla und sprang auf. Sie imitierte die Bewegungen eines Verteidigers. »Wäre doch gelacht, wenn ich es nicht schaffen würde, ein kleiner Özil zu werden.«

Messi prustete laut los. »Hast du denn überhaupt schon mal gespielt?«, fragte sie.

»Na ja, nicht so richtig«, gab Yalla zu, »aber auf der Playstation gewinne ich immer gegen meinen Cousin. Der flippt dann total aus. Viel schwerer als das kann der richtige Kick auch nicht sein. Was hältst du davon?«

Messi schaute Yalla lange an. Sie hatte recht. Rumjammern war gestern. Es konnte eigentlich nur besser werden. Zu verlieren gab es nichts.

Die einzige Frage war, ob sie mit einer Playstation-Siegerin in hohen Stiefeln gegen die Jungs eine echte Chance hatte.

»Okay, wir machen das«, sagte Messi ein wenig verschwörerisch. »Aber wir müssen auch noch ein paar andere auftreiben. Am besten sollten sie Fußball spielen können.«

»Kein Problem, das schaffen wir. Gleich morgen fangen wir an. Wir finden das Team. Oder das Team findet uns. Was meinst du?«

Yallas Optimismus war absolut entwaffnend. Messi hätte ihr in diesem Augenblick alles geglaubt.

»Okay, Yalla, starten wir die Suche. Nichts ist mir wichtiger, als wieder eine Mannschaft zu finden. Und es ist keine schlechte Vorstellung, sie selber zusammenzustellen.«

Beide strahlten sich an und umarmten sich.

Gar nicht so schlecht, hier in Erfurt, dachte Messi.

20:56 UHR

Hallo, Dortmund, hier ist die nächste Meldung aus der Gefangenschaft. Gut, dass es euch gibt! Denn sonst wüsste ich ja nicht, was mir hier alles fehlt.

Stellt euch vor, plötzlich gibt es einen Fußball am Horizont! Er ist noch ganz weit weg, aber vielleicht kommt er mit einem Fallrückzieher à la Ibrahimović immer näher. Das Schicksal muss man anscheinend herausfordern. Unser Trainer würde dazu sagen: »Jetzt beginnt die Zeit des aggressiven Umschaltens.« Und ich gehe nun voll drauf. Mit einer guten Defensive gewinnt man Spiele, aber nur im Angriff macht man Tore. So war das bei uns immer.

Die Zeit des Jammerns ist vorbei. Das hat mir Yalla klargemacht. Eine tolle Freundin. Ihr würdet sie mögen. Auch wenn sie bislang nur gut ist im Fußballgucken. Aber was soll's?! Wir gründen eine Mannschaft – und vielleicht werden wir nicht die Besten sein, aber im Team ist alles möglich. Was, ihr seid skeptisch?! Na gut, ihr habt ja recht. Mag sein, dass es eine total bescheuerte Idee ist. Aber lieber hab ich eine schlechte Mannschaft als gar keine. Wir waren in Dortmund zusammen Meister. Hier in Erfurt braucht man den Fußballgott. Und der kann ja auch mal gnädig sein, oder?! Neuigkeiten demnächst vom ersten Mädchen-Fußballteam aus Erfurt.

Bis bald. Euer Hoffnungsschimmer

# Die Suche beginnt

Am Morgen nach der Eröffnung der Bäckerei konnte Messi gar nicht schnell genug in die Schule kommen. Sie schlang nach dem Aufstehen ihr Frühstück hinunter und fegte wie ein Wirbelwind zur Tür hinaus.

Messi wollte sofort mit Yalla zusammen nach möglichen Teamkolleginnen Ausschau halten. Im Geiste war sie schon mal alle Mädchen durchgegangen, die auf sie einen einigermaßen sportlichen Eindruck gemacht hatten. Das waren allerdings nicht sehr viele. Messi dachte an Oma Lämmerhirt und gab sich einen Ruck. Schließlich hatte sie sich vorgenommen, sich von deren Optimismus eine Scheibe abzuschneiden. Vielleicht lauert irgendwo eine Überraschung, würde Oma vermutlich jetzt sagen.

Eine Überraschung lauerte in der Tat auf Messi. Wenn auch keine positive. Denn jemand tippte ihr auf dem Schulhof auf die Schulter, als sie alleine dastand und auf Yalla wartete.

»Na, spanisches Sturmwunder«, begann Benni breit grinsend, als sie sich zu ihm umdrehte, »ich habe gehört, dass die spanischen Brötchen gestern nicht ganz so reißenden Absatz gefunden haben!«

Messi wunderte sich. Er war tatsächlich allein.

»Auch wenn ich gerne mehr Leute getroffen hätte, ich

war froh, dass du nicht da warst«, antwortete Messi schnippisch und ging zum Angriff über. Sie wollte auf keinen Fall mit ihm über die Eröffnungsfeier reden. »Wo sind denn eigentlich deine Untertanen? Haben die Urlaub? Oder gehst du auch schon mal ohne Bodyguards vor die Tür?«

Benni nahm seine Hände aus den Jackentaschen und baute sich breitbeinig vor ihr auf. »Weißt du, Fe-li-ci-tas«, er dehnte ihren Namen auf die doppelte Länge, »ich hab hier alles im Griff. Ich komme auch ganz gut alleine klar. Und die wirklich wichtigen Dinge muss ja nicht jeder hören.«

Jetzt wurde Messi hellhörig. Was hatte Mr. Fußball denn Wichtiges zu sagen? Und das auch noch unter vier Augen?

»Du warst nicht schlecht, letztens auf dem Platz«, begann Benni etwas leiser als sonst üblich. Meist sollte jeder hören können, was er zu sagen hat. »Wenn du willst«, fuhr er fort, »kannst du bei unseren Spielen mitmachen.«

Messi dachte, sie hätte sich verhört. Machte ihr Benni Stegemann gerade ein unmoralisches Fußball-Angebot?

»Du willst, dass ich für euch spiele?«, fuhr Messi dazwischen. »Nach der abgezockten Nummer auf dem Platz hast du wirklich den Mut, mir das zu sagen?!« Messi war wütend. Die Jungs hatten mit ihr gespielt, und das im wahrsten Sinne des Wortes. Sie konnte sich nicht vorstellen, zu diesen unfairen Möchtegern-Stars zu gehören.

»Im Leben nicht, lieber Benni, das kannst du so was von vergessen!«

Mit Kampfgeist in den Augen schaute sie Benni an. Der hatte allerdings immer noch dieses seltsame Grinsen im Gesicht, das Messi ein wenig ratlos machte.

»Weißt du, Fe-li-ci-tas«, wieder dehnte er den Namen als wäre er ein Kaugummi, »ich meinte eigentlich nicht, dass du mitspielen sollst. Dabei sein! Olympisches Motto! Verstehst du?! Du könntest uns unterstützen. Plakate malen, jubeln, Getränke reichen. Also das, was man macht, wenn man keine Chance hat, ein eigenes Team zu bekommen. Ich habe gehört, du suchst nach Mädchen für eine Mannschaft. Das wird doch eh nichts. Deshalb rate ich dir: Unterstütze diejenigen, die wirklich Fußball spielen können.«

Benni drehte sich um und ging. Messi stand da und schäumte. Was bildet sich dieser Kerl bloß ein? Und vor allem: Woher wusste Mr. Superego von ihrer Suche nach einem Team?

Yalla! Na klar, es konnte nur Yalla gewesen sein. Denn bisher wusste nur sie, was beide vorhatten. Als ob die ihre Gedanken gehört hätte, stand Yalla plötzlich vor ihr.

»Hallo, Messi, schon Talente entdeckt?«, sagte sie fröhlich und ohne den Hauch eines schlechten Gewissens.

»Sag mal, Yalla, spinnst du?!«, platzte es aus Messi heraus. Sie wollte Klarheit. Jetzt und gleich auf der Stelle. »Hattest du heute Morgen nichts Besseres zu tun, als Benni von unserem Plan zu erzählen? Ich dachte, wir machen das erst mal unter uns aus!«

»Mist!«, sagte Yalla und schaute zerknirscht zu Boden. »Das hat er bestimmt von Burak. Der wollte mir heute Morgen im Bus wieder mal erzählen, wie schlecht Mädchen Fußball spielen. Da habe ich ihn gefragt, ob das auch für dich gilt. Als er dann zugegeben hat, dass du gar nicht so übel bist, habe ich gesagt, dass ich jetzt zu deinem Team gehöre. Und dass wir die Unbeatables schlagen werden.« Yalla hob den Blick und grinste.

»Das hast du gesagt? Dass wir die Unbeatables schlagen werden?« Messi war jetzt mehr erstaunt als sauer.

»Na klar«, sagte Yalla. »Tiefstapeln kann doch jeder. Ziele, Schwester! Wir brauchen Ziele!« Yalla wirkte bei den letzten Worten wie ein Marketing-Stratege. Und guckte wieder so, dass man ihr nicht böse sein konnte. Sie hatte ja recht. Messi wollte es den Jungs zeigen. Und dafür musste sie gegen sie antreten. Aber es wäre schöner gewesen, sie hätten es erst dann erfahren, wenn das Team komplett gewesen wäre. So würden sie jetzt jeden Schritt verfolgen. Aber sei's drum. Jetzt war es raus.

Messi legte den Arm um Yallas Schultern. »Bevor diese Ziele verwirklicht werden können, musst du aber noch den Unterschied zwischen Playstation und echtem Fußball lernen. Und die Klappe zu halten, wenn es drauf ankommt.« Sie schaute Yalla mit durchdringendem Blick an. »Meine Spieler sprechen nicht mit Spielern der gegnerischen Mannschaft! Und weil wir gerade dabei sind: Ruhig mal das Tempo rausnehmen. Manchmal ist es besser, erst zu überlegen.« Messi lächelte und Yalla war wieder in ihrem Element.

»Wir haben heute einen Termin!«, plapperte sie los.

»Wo, beim Anwalt? Müssen wir Spielerverträge aufsetzen?« Messi war neugierig, was Yalla jetzt wieder vorhatte.

»Wir fahren zu Ellie auf den Bauernhof. Das bringt uns auf andere Gedanken. Und wer weiß: Vielleicht finden wir ja bei den Kühen ein echtes Talent?« Yalla grinste. Sie sollte recht behalten.

»Okay, dann freu ich mich schon mal auf heute Nachmittag. Dann sind wir die wilden Hühner!«

»Besser als Chickenwings!«

Lachend gingen beide in die Klasse.

# Die Nummer 3

Am Nachmittag fuhren Yalla und Messi mit dem Fahrrad an den Stadtrand; beide Gepäckträger waren vollgepackt mit Brot und anderem Gebäck von der Eröffnungsparty. Auf einem Bauernhof sollte es ja eigentlich einige Abnehmer für leckere Backwaren geben, die ansonsten im Müllschlucker gelandet wären oder im Magen ihres Bruders Pepe. Der hatte nämlich immer eine große Freude an Resteverwertung. Mutter González nannte ihn deshalb liebevoll ihren »kleinen Staubsauger«. Nichts war vor ihm sicher, was irgendwie süß oder lecker aussah. Aber diese Mengen, die übrig geblieben waren, konnte selbst er nicht alleine verdrücken. Also hatte Messi mit ihrer Mutter kurzerhand entschieden, Ellie und ihre Familie zu beglücken. Sozusagen als Gastgeschenk.

Der Hof der Familie Küster war ein Traum. Natur, so weit das Auge reichte. Messi war wieder mal erstaunt über ihre neue Heimatstadt. Nur ein paar Minuten mit dem Rad, und schon war man im Grünen. Neben einem großen Wohnhaus mit Fachwerk gab es einen Stall, aus dem schon von Weitem deutlich zu hören war, wer darin wohnte. Es muhte vielfach und klang fast wie eine Begrüßung. An den Kuhstall angrenzend, erstreckte sich eine riesige eingezäunte

Wiese, auf der Pferde standen. Die spitzten die Ohren und schauten neugierig zu den Mädchen, die da mit Höllenlärm angeradelt kamen.

Es hatte in der Nacht stark geregnet. Die letzten Meter mit dem Rad hätten dementsprechend auch eine Bewerbung für die Meisterschaften im Radcross sein können. Mehrmals verloren Yalla und Messi fast die Kontrolle über die Räder, kreischten wie auf der Kirmes im Shaker und konnten sich doch im letzten Augenblick vor dem Fall in die gefühlt metertiefen Pfützen retten. Trotzdem sahen ihre Räder aus wie durch eine Matschgrube gezogen, und auch die Schuhe und Hosen der beiden Radjongleure hatten die saubersten Tage hinter sich. Kurz vor dem Haus versuchte Yalla zu bremsen,

ihr Hinterrad rutschte weg und die Tüte mit den Backwaren flog in Richtung Tür. Sie wäre vermutlich davor liegen geblieben, hätte nicht in diesem Augenblick Ellie die Tür geöffnet. Die Tüte flog an ihr vorbei in den Flur, platzte mit einem Knall auf und der ganze Inhalt ergoss sich bis in die Küche. Ellie schaute amüsiert, Yalla ließ im letzten Moment das Rad fallen und fiel Ellie in die Arme.

»Wir hätten auch ganz normal klingeln können«, lachte Messie, »aber warum einfach, wenn es auch anders geht?!«

»Das nennt man also mit den Brötchen ins Haus fallen«, grinste Ellie.

Auch Yalla hatte ihre Fassung und ihr Gleichgewicht wiedergefunden. »Lieferservice direkt in die Küche, das war

unser Plan. Auftrag ausgeführt«, sagte sie und machte dann ein gespielt nachdenkliches Gesicht. »Ich glaube, als Honorar für diese Spezziallieferung sollte man über Kakao mit Sahne reden«, schlug Yalla augenzwinkernd vor.

»Besser ich hole einen Schlauch und spritze euch einmal komplett ab«, lachte Ellie. »Aber da ihr schon mal dreckig seid, kann ich euch auch vorher noch den Hof zeigen.«

Auf dem Biohof Küster gab es Tiere, so weit das Auge reichte. Hühner, Schweine, Kühe. Und alle hatten so viel Platz. Vielleicht sollte sie ihren Eltern vorschlagen, die Eier und das Fleisch von hier liefern zu lassen, überlegte Messi. Die Tiere machten einen echt glücklichen Eindruck. Das galt auch für Ellie, fand zumindest Messi. Doch die widersprach sofort.

»Manchmal ist das hier echt hartes Brot«, seufzte sie. »Meine Eltern haben wirklich viel zu tun. Und auch ich muss meistens mit anpacken. Ich kümmere mich hauptsächlich um die Pferde. Und wenn mein Vater samstags Ware ausliefert, helfe ich ihm dabei. Morgen haben wir eine schwere Tour. Wir müssen zu Stegemanns.« Ellie verzog das Gesicht.

»Zu den Stegemanns?«, fragte Messi und wusste die Antwort eigentlich schon selber.

»Klar«, sagte Ellie. »Die Herrschaften planen ein Bankett. Kommen wohl einige wichtige Leute aus der Wirtschaft. Da wird ordentlich aufgetischt. Und da soll es nur gutes Fleisch geben. Und wer hat gutes Fleisch, hä?« Ellie stemmte die Hände in ihre runden Hüften und zeigte dann auf sich.

»Stimmt, kein Gramm zu viel«, grinste Yalla.

Messi schluckte. Konnte Ellie diese Bemerkung vertragen? Was war, wenn sie selber Probleme damit hatte, dass sie nicht so schlank war wie die Hungerhaken aus der Klum-Schmiede. Aber Ellie lachte bloß breit.

»Einer muss ja den Prellbock spielen, wenn zwei Fahrradanfänger aus der Stadt nicht bremsen können. Außerdem macht meine Mutter den besten Kakao mit Sahne. Und da kann ich nie nein sagen! Aber ihr wollt bestimmt keinen, oder?!« Auffordernd schaute Ellie die beiden an.

»Wenn du so fragst, wir würden uns für eine Kostprobe zur Verfügung stellen«, sagte Yalla.

Bevor Ellie antworten konnte, kam ihr Hund um die Ecke gesaust. Ein Mischling aus hundert verschiedenen Rassen, schon ein wenig grau, aber noch gut zu Fuß. Total süß! Er hatte einen völlig durchgekauten Ball im Maul, den er auffordernd Messi vor die Füße legte. Schieß weg, sagte sein Hundeblick. Ich hol ihn auch wieder, verriet sein wedelnder Schwanz. Messi wollte ihm gern den Gefallen tun. Aber einen Ball einfach so zu schießen widerstrebte ihr. Erst musste man ein bisschen dribbeln. Mit dem Ball am Fuß, verfolgt von den wachen Augen von Ellies Hund, schlug Messi ein paar Haken. Und immer, wenn das arme

Tier meinte, es könnte den Ball schnappen, zog ihn Messi mit der Sohle zurück und der Hund lief ins Leere. Was ist das denn für eine? Der Hund war völlig verwirrt. Er wollte doch mit dem Mädchen spielen, und jetzt spielte sie mit ihm. Messi bemerkte, dass der Hund sauer wurde.

»Na gut, alter Freund«, rief sie mit der Stimme einer begeisterten Sportreporterin, »90. Minute, die letzte Chance. Messi hat den Sieg auf dem Fuß. Das Tor ist leer. Sie braucht nur noch gezielt einzunetzen.« Der Hund schien nun doch Gefallen an dem Spiel zu finden.

»Eine schnelle Drehung und zack.« Messi schoss, der Hund setzte sich in Bewegung. Doch sie hatte direkt in Richtung Ellie abgezogen. Mit entsetztem Blick sah sie,

wie der Ball mit hoher Geschwindigkeit auf ihre Freundin zuflog. Doch die sprang nicht zur Seite. Sie nahm die Arme hoch und fing den Ball, als würde sie nie etwas anderes tun. Der Hund verstand die Welt nicht mehr. Schon wieder so ein Spielverderber. Messi dagegen fiel die Kinnlade runter. Wer so eine Granate einfach so fängt, hat Talent.

»Sag mal, Ellie, machst du das öfter?«, fragte sie verblüfft.

»Nö, aber ich hab doch schon gesagt: Wer Kühe einfängt, kann das auch mit Bällen tun, oder?« Sie warf den Ball aus dem Stand bestimmt dreißig Meter weit. Endlich, dachte der Hund, jetzt sind sie wieder bei Verstand, und jagte hinterher.

»Was sagt dir 7,32 m breit und 2,44 m hoch?«, fragte Messi.

»Keine Ahnung«, antwortete Ellie. »Aber das könnte unser Scheunentor sein, stimmt's?«

»Okay, ich verstehe«, mischte sich Yalla ein, »wir haben also ab jetzt eine muslimische Playstation-Dribblerin und eine Bauerntochter im Scheunentor. Neben einer Spanierin mit argentinischem Spitznamen natürlich!« Sie machte ein zufriedenes Gesicht. »Das könnte doch ein guter Anfang sein!«

»Ich verstehe gar nichts«, sagte Ellie völlig erstaunt.

»Das musst du auch nicht«, antwortete Messi. »Wir erklären es dir beim Kakao! Oder steht die Einladung nicht mehr?«

»Klar, kommt rein. Die Bauerntochter im Scheunentor bittet zu Tisch.«

Alle drei gingen ins Haus. Messi war zufrieden. Ab jetzt waren sie anscheinend zu dritt.

Ellie war begeistert von der Idee, den Jungs eine dicke Ohrfeige zu verpassen. Lange genug war auch sie genervt vom übersteigerten Selbstbewusstsein der Jungs. Weniger aber gefiel ihr der Gedanke, als Kanonenfutter in die Fußballgeschichte einzugehen. Sie hatte zwar keine Angst vor ihrer Position, aber sie wusste nicht, wie sie sich im Tor wirklich schlagen würde. Mit ein bisschen Training würde das klappen, meinten jedenfalls Messi und Yalla und blickten dabei so überzeugend, dass sie wirklich dran glauben konnte. Es soll ja diese steilen Karrieren geben. Eben noch Kreisliga, plötzlich Bundesliga. Nur, dass Yalla und Ellie bisher noch nicht einmal Kreisliga gespielt hatten. Ihre Karrieren begannen am Computer und auf dem Bauernhof. Sollte ihr erfolgreicher Aufstieg klappen, wäre das tatsächlich etwas für die Geschichtsbücher. Warum also nicht!? Ellie wollte liefern. Ab jetzt nicht nur Eier und Fleisch, sondern auch gute Leistung. Im Tor!

# Ausfallschritt

Lauf mit dem Ball direkt auf deinen Gegner zu.

Mach plötzlich einen weiten Ausfallschritt nach rechts vorn. Weil der Ball weiterrollt, musst du ...

... möglichst schnell dein Gewicht auf das rechte Bein verlagern. Dann nichts wie ran an den Ball ...

... und zwar mit der linken Außenseite deines Fußes. Jetzt kannst du links am Gegner vorbei weiterdribbeln.

# Ronjas Neuigkeiten

In der Schule gab es momentan einen Waffenstillstand. Sowohl in der Klasse als auch auf dem Schulhof. Man beäugte sich gegenseitig, kam sich aber auch nicht ins Gehege. Es war spürbar, dass die Abordnung der Unbeatables sich Gedanken machte über Messis Idee, ein Team ins Leben zu rufen. Aber vor allem Benni konnte nicht so richtig glauben, dass daraus eine wirkliche Gefahr für das Jungs-Ego werden könnte. Seine momentanen Hauptgegner hießen sowieso anders: Wahrscheinlichkeitsrechnung und binomische Formeln. Wieder einmal schwebte über ihm die Drohung seines Vaters, bei weiteren schlechten Mathearbeiten den Fußball vorübergehend an den Nagel hängen zu müssen. Das durfte auf keinen Fall passieren. Deshalb hatte er zähneknirschend zugestimmt, als sein Vater ihm Nachhilfe befohlen hatte.

Ronja aus seiner Klasse war an diesem Nachmittag wieder mal sein schweres Los. Sie war die Beste aus der Klasse und wurde gerne gebucht, wenn der Zahlensalat im Kopf zu groß wurde. Und sie stand nicht in dem Ruf, sich von Benni um den Finger wickeln zu lassen. So dachte jedenfalls Vater Stegemann. Das Einzige, was Ronja nämlich interessierte, waren Statistik, Wahrscheinlichkeiten und Berechnungen. Stundenlang konnte sie vor dem Computer verbringen, um zu forschen und zu recherchieren. Fragen wurden von ihr quasi mit dem Taschenrechner beantwortet. Die Liebesbeziehung zum Computer hatte Ronja von ihrem Vater Tom, der als IT-Spezialist arbeitete und sich seit dem frühen Tod von Ronjas Mutter allein um seine Tochter kümmerte.

Nur Ronjas Opa störte es ungemein, dass seine Enkelin so viel Zeit vor dem Bildschirm verbrachte. Er hätte es viel lieber gesehen, dass sie sich mit Freundinnen traf, Musik hörte. Was man eben so machte in dem Alter. Bei ihren Besuchen am alten Hafen versuchte er, Ronja nahezubringen, die Welt mit Fantasie zu sehen und nicht immer nur mit Logik. Denn Opa spürte, dass Logik für Ronja eine Flucht aus ihren Gefühlen bedeutete. Weil sie den Tod ihrer Mutter nie verkraftet hatte, war sie irgendwann dazu übergegangen, Zahlen mehr zu vertrauen als Menschen. Und sie tat alles, um nicht aufzufallen. Trotz ihrer kurzen Haare und ihrer Brille, die sie auf den ersten Blick pfiffig und frech wirken ließen, machte sie es den anderen nicht leicht, sie kennenzulernen. Wenn man Pech hatte, redete Ronja gar nicht. Oder nur das Nötigste. Außer, es ging um Mathe. Da sprudelte sie schon mal los. Denn da kannte sie sich aus. Das war eins der Argumente für Familie Stegemann, Ronja zur Nachhilfe für ihren Sohn zu engagieren. Benni redete zwar auch genug. Meistens jedoch eher Blödsinn. Meinten jedenfalls seine Eltern.

»So ein Scheiß, diese elenden Formeln! Wofür brauche ich die denn überhaupt? Ich werde Fußballer, und da kann mir Mathe doch komplett egal sein.«

Benni regte sich tierisch auf. Ronja saß neben ihm am Schreibtisch und ertrug seinen Ausbruch mit bewundernswerter Ruhe.

Bennis Zimmer war fast so groß wie Ronjas ganze Wohnung. Überall an den Wänden hingen Poster von Fußballern, Pokale von siegreichen Turnieren standen im Regal. Auffällig war ein großes Bild. Ein Porträt eines Mannes, dem Benni verblüffend ähnlich sah, der aber sicher schon achtzig Jahre alt war. Bennis Opa, vermutete Ronja. Ja, das könnte hinkommen, denn Bennis Vater hatte die sechzig auch schon überschritten. Benni war ein Nachzügler, wie es so schön heißt.

»Bist du fertig? Können wir jetzt weitermachen?«, fragte Ronja trocken.

»Okay«, seufzte Benni und lehnte sich zurück.

»Wahrscheinlichkeit ist eigentlich ganz easy. Du kannst zum Beispiel ausrechnen, wie hoch deine Chance ist, Fußballprofi zu werden«, erklärte Ronja und schaute Benni dabei gar nicht an.

»Wie soll ich das verstehen?«, fragte Benni zurück.

»Na ja«, begann Ronja, »sagen wir in der ersten, zweiten und dritten Liga spielen insgesamt circa 900 Spieler. Das ist dein Ziel, oder?«

FC BAYER

Benni nickte, noch ohne zu verstehen, worauf Ronja hinauswollte.

»Da jeder, der Fußball spielt, den Traum hat, Profi zu werden, streiten sich um diese 900 Plätze zurzeit geschätzte 1.380.000 Jungs in circa 92.000 Mannschaften.«

»Von denen ist aber nicht jeder so gut wie ich«, verteidigte sich Benni. Er hielt meistens die anderen für talentfrei, sich selber aber für den besten Fußballer seit Erfindung des Lederballs.

»Das spielt keine Rolle«, machte Ronja weiter, rückte ihre Brille zurecht und schaute auf ihren Zettel. »Es kommen also theoretisch auf einen Profifußballer 1.533 Bewerber. Aus jedem hundertsten Verein entspringt ein Marco Reus oder ein Jérôme Boateng. Also ist ...«

»Hey, hey! Woher kennt ein Mathemäuschen wie du solche Fußballer?«, fuhr Benni hoch.

»Das sind Weltklassespieler. Die kennt man«, antwortete Ronja leicht genervt von der unnötigen Unterbrechung. »Außerdem habe ich mich auf diese Stunde vorbereitet.« Sie zog die Augenbrauen hoch. »Kann ich weitermachen?«

»Klar!«, antwortete Benni. »Vielleicht wird es ja doch noch interessant.«

»Es ist interessant. Aber möglicherweise ist es nicht das, was du hören willst.« Ronja zeigte mit ihrem Stift auf das Blatt Papier vor ihr. »Also noch mal. Aus jedem hundertsten Verein entspringt ein Reus oder Boateng. Demnach ist die

Wahrscheinlichkeit, dass du Profi wirst, 1:1533. Falls du in einem der 100 Vereine spielst.« Ronja legte den Stift weg und sah Benni unverwandt an. »Keine gute Quote.«

»Eine super Quote ist das! Besser als Lottospielen!« Benni schien hocherfreut über diese, wie er meinte, positive Prognose.

»Stimmt, die Chance auf sechs Richtige im Lotto liegt bei circa 1:13 Millionen. Deine Chance, Profi zu werden, ist beim Lotto vergleichbar mit viereinhalb Richtigen. Ich aber kenne keinen, der schon mal welche hatte. Tut mir leid.« Ronja musste schmunzeln. Es machte ein bisschen Spaß, Benni mit Fakten die Freude zu verderben.

»Ach, das ist mir egal. Talent steht über allem. Und damit bin ich mehr als gesegnet.«

»Leider nicht in Mathe!« Sein Vater stand plötzlich in der Tür. »Und, wie macht sich mein Nachfolger?«

»Ganz gut«, sagte Ronja, ohne rot zu werden, und schaute nur kurz auf.

Benni stöhnte innerlich auf. Er hörte das Wort Nachfolger nicht gerne. Immer wenn sein Vater über ihn sprach, musste er jedem klarmachen, dass sein Sohn einmal die Firma übernehmen würde. *Metallbau Stegemann und Söhne.* Nie im Leben, dachte Benni, sagte es aber nicht. Denn Bennis Träume drehten sich um Fußball.

»Grüß mal deinen Opa von mir«, sagte Carl Stegemann zu Ronja und bat Benni kurz aus dem Zimmer. »Wir müssen eben den Empfang morgen besprechen. Er ist gleich wieder da.«

Ronja blieb einen Moment allein im Zimmer. Sie dachte daran, ihren Opa mal zu fragen, warum sie ausgerechnet immer ihn grüßen sollte, anstatt ihren Vater. Gut, sie waren ungefähr gleich alt. Aber ansonsten ziemlich verschieden.

Ronja blickte sich um. Der Computer stand direkt vor ihr. Bildschirme hatten für Ronja eine magische Anziehungskraft. Der Bildschirmschoner mit dem Emblem von Bayern München flog von Ecke zu Ecke. Sie berührte die Maus. Der Bildschirm öffnete sich. Sie hatte erwartet, dass auf dem Schreibtisch lauter Spiele auftauchten. Doch offen war kein Spiel, sondern eine Website. Sie wollte nicht gucken, tat es aber doch. Es war die Seite von der Tapas-Bäckerei Lämmerhirt! Das Familienfoto! Sie schaute zur Tür, dann wieder auf den Bildschirm. Benni hatte Messi im Bild ausgeschnitten und vergrößert. Was sollte das?! Spionierte er ihr nach? Das würde ihm ähnlich sehen. Oder hatte er sich etwa verknallt? Ausgerechnet in das Mädchen, das er im Moment am meisten bekämpfte? Ronja hatte keine Erklärung. Auweia, dachte sie, besser ich hab jetzt schon wieder vergessen, was ich gesehen habe. Sie stellte schnell den Bildschirmschoner wieder ein.

Keine Sekunde später kam Benni zurück.

»Ich muss jetzt ausladen helfen. Der Bauer ist mit der

Lieferung da. Wir sehen uns in der Schule. Und bitte kein Wort darüber, dass du hier warst, okay?«

Ronja war überrascht. Benni konnte ja richtig nett sein. »Okay, wie immer«, antwortete sie wie jedes Mal. Sie verließ das Haus durch den Hintereingang. Besser war es, denn ansonsten wäre sie auf Ellie getroffen. Aber das wusste Ronja ja nicht.

»Bis nächste Woche«, rief ihr Vater Stegemann hinterher.

Wahrscheinlich ja, dachte Ronja und musste schmunzeln. Die Chance, dass Benni das Thema verstanden hatte, stand nämlich 1:1 Milliarde.

# Die Nummer 4

Nach dem Nachhilfetreffen bei Stegemanns fuhr Ronja zu ihrem Großvater an den Hafen. Der rostige alte Kahn auf dem Kanal glühte feuerrot in der Abendsonne. Ronja liebte diesen Anblick. Ihr Opa saß wie immer vor der Werkstatt auf seiner Bank. Den Kopf hinter einer Schutzbrille versteckt, schweißte er gerade einen Flaschenöffner an ein Auto.

»Hallo, Opa!«, rief sie. »Ist das wieder moderne Kunst?«

»Nichts dergleichen«, antwortete er und stellte den Schweißbrenner ab. »Das ist einfach nur praktisch. Die Hintertür ging nicht mehr zu!«

»Aber jetzt geht sie doch nicht mehr auf!« Ronja hielt viel von Logik, aber hier war damit anscheinend nichts zu holen.

»Recht hast du, meine Lieblingsenkelin, aber der Besitzer feiert gerne und will sich den Wagen in den Garten stellen. Drinnen sitzen und chillen, wie ihr immer so sagt, den Kasten Bier im Kofferraum, und da man ansonsten immer den Öffner vergisst ... zack, hat man ihn parat.« Opa Ulli setzte sich in den Wagen und tat so, als würde er durch das offene Fenster eine Flasche öffnen.

»Perfekt, oder?! Was meinst du?«, fragte er Ronja.

»Vielleicht entdeckt ja irgendein Kunst-Heini den Wagen

FORTUNA

und bringt ihn ganz groß raus.« Ronja legte den Kopf schief und schaute sich das Auto genauer an. »Wie wäre es, wenn du noch einen Dosenöffner auf die Kühlerhaube schweißt, falls die Feiergesellschaft noch Hunger bekommt?«

Kaum hatte Ronja das gesagt, tat ihr Opa so, als wolle er sie mit dem Schweißbrenner abfackeln. »Pass bloß auf!«, rief er lachend und setzte sich auf seine Bank. »Wenn du bloß öfter mal so frech wärst, nicht nur bei deinem alten Opa«, seufzte er, griff unter die Bank und nahm für Ronja eine Apfelschorle aus einem Kühlschrank, der wohl früher einmal eine Minibar gewesen war. So klein war das gute Stück. Er schaute Ronja an.

»Ein bisschen mehr Mut und ein bisschen weniger Computer, das wäre schön«, sagte er und kniff Ronja liebevoll in die Wange.

»Ach Opa ...!« Ronja mochte ihn sehr, auch wenn er sich nicht immer mit ihrem Papa verstand. Vor allem dann nicht, wenn sie über Ronjas Medienkonsum stritten.

»Du weißt doch, wie das ist. Ich bin eben für mein Leben gern ein Computerfreak. Ich hab dir auch was mitgebracht«, sagte sie und schaute ihn an.

»Oha!«, rief Opa Ulli anerkennend. »Wenn du mich anguckst beim Reden, muss das was Besonderes sein.« Er setzte sich aufrecht hin. »Schieß los«, sagte er.

»Ich soll dir Grüße bestellen von Carl Stegemann. Ich war gerade wieder bei seinem Sohn zur Nachhilfe.«

Augenblicklich stand ihr Großvater auf. »Danke«, sagte er unwirsch und begann mit einer Feile ein Stück Metall zu bearbeiten.

»Was ist los?« Ronja war überrascht von der Reaktion. Sie hatte gedacht, er würde sich freuen, von einem der bekanntesten Männer in Erfurt gegrüßt zu werden. »Woher kennt ihr euch eigentlich?«, fragte sie weiter. Aber ihr Opa blickte nur kurz über die Schulter. »Ich möchte nicht darüber reden!«

»Ich soll mehr reden, aber du tust es selber nicht.« Ronja war verwirrt über seine plötzliche ablehnende Art.

»Ronja, das verstehst du nicht und damit Schluss. Hilf mir lieber, das Rohr zu polieren.«

»Okay, okay«, murmelte Ronja.

Sie begannen, schweigend zu arbeiten.

»Was wird das, wenn es fertig ist? Ein Abschussrohr für eine Ballmaschine?«, rief plötzlich jemand vom Zaun aus auf das Grundstück.

Opa Ulli und Ronja drehten sich gleichzeitig um. Messi und Yalla standen am Tor und blickten durch den Draht.

»Ein Abschussrohr gegen ungebetene Gäste«, rief Ronjas Großvater und nahm das Rohr an den Mund, »oder ein Stimmverstärker zur Vertreibung von Zaungästen.« Er lachte. »Kommt rein«, rief er, »ich kann Hilfe gebrauchen.« Opa Schäfer hatte Messi sofort erkannt. Das war das Mädchen, das so tapfer mit den Jungs gespielt und am Ende beinahe

einen klaren Elfmeter nicht bekommen hätte. Das hatte ihn aufgeregt. Unfair geht nämlich gar nicht.

»Danke noch mal für Ihre Unterstützung letztens.« Messi hatte die Szene beim Spiel mit den Jungs nicht vergessen. »Sie sind anscheinend ein echter Fußballfan, oder? Sie haben auch schon mal gespielt?«

»Nicht so viele Fragen und vor allem nicht auf einmal. Ich hatte einfach Lust, den Platz mal wiederzusehen. Ich hab da ganz früher mal gespielt.« Er sah Ronja eindringlich an. »Weißt du, Fußball sollte fair sein. Und wenn es ungerecht wird, muss man einschreiten. Das ist alles!« Mit einem Mal wirkte Ronjas Großvater abwesend. Sein Blick ging in die Ferne, so, als würde gerade ein Film vor seinem geistigen Auge ablaufen. Doch was genau er da sah, blieb den drei Mädchen verborgen.

»Gibt es was Besonderes?«, fragte Ronja vorsichtig. Sie hatte bisher im Gespräch noch gar keine Rolle gespielt und nur zugehört.

»Yau«, sagte Yalla, »du hast doch sicher schon gehört, dass wir ein Team zusammenstellen wollen, das die Unbeatables demnächst locker schlagen will. Bisher haben wir Messi, die am Ball was kann, eine Playstation-Fachfrau, also mich, und eine Biohof-Torhüterin namens Ellie. Wir könnten also noch jemanden gebrauchen, der uns permanent sagen kann, dass wir trotz der schlechten Voraussetzungen statistisch doch eine Chance gegen die Jungs haben. Und die alles ein wenig koordiniert. Also, so eine Art Internet-Manager für unser Team. Was hältst du davon?« In Messis Gesicht stand ein Fragezeichen geschrieben, das sich aber schnell in ein Ausrufezeichen verwandelte.

Ronja hingegen wurde knallrot. »Also ihr meint, ich bin für euch wichtig?«

»Aber hallo!«, rief Messi überzeugt. »Du bist sozusagen ab jetzt unser Brain. Unser Hirn, unser Denkapparat. Du verstehst?! Man muss heute im Fußball neue Wege gehen. Klinsmanntechnisch mal alles gegen den Strich bürsten. Du weißt schon, Taktik, Spielbeobachtung und andere Methoden.«

»Was für andere Methoden?«, fragte Ronja, sichtlich überrumpelt vom Vorschlag der beiden.

»Na, die müssen sich noch finden«, winkte Messi beschwichtigend ab. »Aber wir haben das Gefühl, wir können dich gut gebrauchen. Was sagst du?« Messi und Yalla warteten gespannt auf die Antwort.

Ronja überlegte. In Blitzgeschwindigkeit sausten ihr die Gedanken durch den Kopf: Ich habe vielleicht Kontakte, die uns nützlich sein könnten. Und ich weiß Dinge, die die anderen nicht wissen. Das könnte noch mal spannend werden.

»Okay, ich bin dabei!« Nicht nur Messi und Yalla grinsten sich an. Auch Opa Schäfer freute sich hinter seiner Schutzbrille so sehr, dass er ein kleines Tränchen verdrückte.

19:44 UHR

Heio, hier ist wieder eure Erfurter Geisel mit aktuellen Meldungen auf Messi Sport News HD.

Die Ereignisse überschlagen sich, ich weiß gar nicht, wo ich anfangen soll. Also wir sind jetzt komplett. Das Team steht. Ich hätte nicht gedacht, dass alles so schnell geht. Aber nach Computerfuchs Ronja haben wir jetzt auch die ultimative Antwort auf Lars und Sven Bender. Unsere Fußballzwillinge heißen Mira und Marie. Und kaum zu glauben: Die sollen tatsächlich spielen können! Ihr großer Bruder heißt Leon und ist einer der Unbeatables. Für den waren sie früher im Garten schon mal die Sparringspartner. Ich hoffe, da ist was hängen geblieben. Sie waren sofort überzeugt, als wir den beiden erklärt haben, dass Pferde auch gerne Ball spielen und sie ihre Fähigkeiten dann mit in den Stall bringen können. Hüaha!

Und als wäre nichts geschehen, kam in der Schule unsere Obertusse Pia angerauscht. Sie hätte gehört, es gäbe da ein echt cooles Mädelsevent. Ob wir noch Hilfe bräuchten, uns nach dem Training schick zu machen? Okay, ich glaube, auf sie müssen wir aufpassen. Denn bei ihr weiß man nicht genau, warum sie was tut. Aber sie kann die Jungs ja ablenken, während wir die Tore machen!

Das Beste kommt jedenfalls zum Schluss: Wir dürfen auf Opa Schäfers Wiese trainieren! Er hat sich überreden lassen. Er räumt seine Skulpturen ein bisschen zur Seite und will für die Verpflegung sorgen. Leute, checkt ihr das?! Wir haben ein Team und einen Platz. Das hätte ich noch vor wenigen Tagen nicht geglaubt!

Das war aus Erfurt Messi Sport News HD.

Ich hab euch lieb!

# Messi will Revanche

In der Schule sorgte die Nachricht vom Team der Mädchen für echte Furore. So oft wie an diesem Tag war Messi noch nie auf Fußball angesprochen worden. Leider nicht immer sehr positiv. Die Jungs aus allen Klassenstufen machten sich lustig über die – sagen wir es einmal ganz vorsichtig – besondere Zusammenstellung von Fußballspielerinnen. Dass Messi mit dem Ball umgehen konnte, hatten ja einige schon gesehen. Die anderen hingegen waren bisher eher unauffällig mit ihrem Starpotenzial. Aber alle hatten zumindest eines schon besprochen: nicht auf die Bemerkungen einzugehen, die hinterrücks gemacht wurden. Sollten sie doch früher oder später sehen, was aus dem sportlichen Flickenteppich geworden ist. Oder wie sagte es Yalla so schön: »Achtung, jetzt kommt die Patchwork-Mannschaft!« Alle hielten tapfer durch. Auch die Blicke der Unbeatables ließen sie kalt. Nur Olli traute sich, Messi auf dem Flur vor dem Klassenraum direkt anzusprechen. Aber erst als er sich versichert hatte, dass keiner der anderen Jungs ihn beobachtete.

»Finde ich gut, Messi, das mit eurem Team«, sagte er leise. »Aber passt auf, dass ihr euch keinen Ärger einholt!«

»Ärger?!«, antwortete Messi empört. »Ich höre wohl nicht recht. Seitdem es um Fußball geht, habe ich hier nur Ärger. Da spielt ein bisschen mehr gar keine Rolle. Und weißt du was?« Messi schaute Olli herausfordernd an. »Das ist uns auch so was von egal! Bestell deinem Oberindianer, dass wir in zwei Wochen so weit sind. Dann können wir den aktuellen Leistungsstand gerne einmal überprüfen.«

»Okay, okay«, wiegelte Olli überrascht ab, »aber überleg bitte, was du machst. Du weißt, dass Benni nicht gerne an sich selbst zweifelt. Er wird alles dafür tun, als Sieger vom Platz zu gehen.«

Messi wunderte sich über Olli. Sie wusste, dass er von diesen hochnäsigen Typen noch der Netteste war und mit Mädchen eher keine Probleme hatte. Aber dass er sie unter der Hand warnen wollte, fand sie schon außergewöhnlich. Sind also doch nicht alle gleich. Es geschehen noch Zeichen und Wunder in der Welt der Jungs!

»Danke Olli, das ist nett von dir. Aber wir haben uns entschieden. Wir wollen zeigen, dass da was geht. Und werden fair bleiben. Dass Benni das nicht kann, ist uns klar. Sag ihm also: Donnerstag in vierzehn Tagen, Treffpunkt alte Wiese am Hafen. Kampf der Geschlechter, Teil 1!«

Nach Schulschluss hatte sie einen Zettel am Fahrrad. Dort stand:

*Wir sind dabei! Das gibt ein 0:15! Die Unbeatables*

## Das erste Treffen

Am Nachmittag trafen sich alle auf Opa Schäfers Platz. Auf der Wiese hinter seinem Schuppen hatte er inzwischen Großartiges geleistet. Verschwunden waren seine eigenartigen Stahlskulpturen. Stattdessen hatte er zwei kleine Tore aufgestellt und den Platz mit Kreide markiert.

»Das ist ja geil!«, jubelte Messi, die als Erste am Trainingsort des zukünftigen Spitzenteams ankam. »Das sieht ja aus wie ein richtiger Fußballplatz!!!« Sie strahlte über das ganze Gesicht und legt ein Ballnetz auf den Boden. Sie hatte zu Hause alle Bälle gesammelt, die sie für das Training finden konnte. Auch von Pepe waren welche dabei. Ihr Bruder war gerade mit etwas anderem beschäftigt. Er hatte allen Ernstes Fernando den Vorschlag gemacht, ein Skate-in-Fenster an der Bäckerei anzubringen. Hier sollten Inline-Fahrer, die mit ihren Skates nicht in den Laden konnten, bedient werden. Er machte gerade Zeichnungen und rechnete den Umsatzanstieg aus. Das konnte also dauern.

»Schön, dass es dir gefällt!«, freute sich Opa Schäfer über Messis Begeisterung. »Ich habe die Tore aus alten Teppichstangen zusammengeschweißt. Die Netze sind aus alten Fischernetzen gemacht. Deshalb riecht es vielleicht ein bisschen streng. Aber sie sind wenigstens schön stabil.« Er nahm einen Ball aus dem Netz, legte ihn ab und schoss mit einem satten Spannstoß das Leder in den Winkel. »Siehst du?! Hält prima!«

Messi war erstaunt. »Dafür, dass Sie nur ein wenig Fußball gespielt haben, sah das aber ziemlich professionell aus, Herr Schäfer.«

Aber Opa Schäfer murmelte nur irgendetwas, das Messi nicht verstehen konnte, und ging dann wieder zu seiner Bank.

Die anderen trudelten kurz nacheinander ein, und alle waren sie beim Anblick ganz aus dem Häuschen. Was für ein Traum! Ein eigener privater Trainingsplatz. Das waren ja Verhältnisse wie beim FC Bayern. Nur Mira und Marie fanden, dass hier lieber Pferde stehen sollten. Aber das war nur eine Einzel-, pardon: eine Zwillingsmeinung.

Messi hatte um Trainingsklamotten gebeten, und fast alle hatten ihr Bestes versucht. Während sie selbst das Trikot ihres Dortmunder Vereins trug, hatten die anderen eher wahllos in den Schrank gegriffen.

Messi blickte auf den seltsam zusammengewürfelten Haufen. Ellie trug einen blauen Arbeitsoverall und hatte die Arbeitshandschuhe ihres Vaters an, die sie als Top-Torwarthandschuhe vorstellte. Die Zwillinge hatten ihre Lieblingsshirts an, die sie normalerweise nur zur Reitstunde trugen. Yalla sah aus, als wollte sie auf einem Piratenschiff anheuern. Sie trug flache Schuhe, ein langes Shirt und Kopftuch.

Ronja sah aus wie immer. Sie musste ja auch nicht spielen. Aber sie hatte einen Stapel Zettel in der Hand, die sich später als Trainingspläne herausstellten. Und dann war da noch Pia. Sie trug Shorts in lila und als Oberteil ein Top in gleicher Farbe, das ihr von der Schulter fiel. Sie sah aus wie eine Urlauberin vor ihrer Sommerreise nach Mallorca.

Das war also das Team, das die Jungs schon bald herausfordern sollte. Bei Messi schwand die Zuversicht, die sich in der ersten Euphorie eingestellt hatte. Zumal der Termin näher rückte, von dem die restliche Mannschaft noch nichts ahnte. Sie wusste, sie würde ab jetzt die Trainerin sein.

»Also Leute, alle mal herhören«, begann sie. »Es gibt ein paar wichtige Sachen zu klären.«

»Wann die Jungs kommen?«, fragte Pia lächelnd. Sie wollte einen Witz machen, wusste aber noch nicht, dass die Frage in die richtige Richtung zielte.

»Ja genau, Pia«, sagte Messi, »wann die Jungs kommen.«

Die anderen schauten erstaunt. Was sollte das heißen? Doch kein Mädchenteam? »Also ich habe schon mal einen Termin ausgemacht«, fuhr Messi fort, »wir spielen in vierzehn Tagen hier gegen die Jungs. Unser erstes Spiel. Sie haben zugesagt. Was meint ihr?« Sie schaute in fassungslose Gesichter.

»Hey, guckt nicht so! Was nützt uns denn das ganze Gerede? Wir müssen was tun!« Messi wusste, sie musste jetzt überzeugen. »Stellt euch vor, wir schlagen die, stellen denen ein Bein! Dann haben wir in der Schule erst mal Ruhe und müssen uns nicht immer diese bekloppten Sprüche anhören.«

»Das funktioniert nicht mit Bein stellen, wir müssen deren Beine schon brechen«, sagte Ellie.

»Stimmt«, rief Yalla, »und vielleicht sollten wir erst mal lernen, wie das geht!«

»Beine brechen geht einfach.« Ellie nahm einen Stock und brach ihn durch. Alle lachten.

»Jetzt mal im Ernst, Messi«, meldete Mira sich zu Wort, »um ein Springturnier gewinnen zu können, muss man erst mal reiten können.«

»Genau«, sagte Marie, »und das ist in vierzehn Tagen nicht zu schaffen!«

Wieder blickten alle Messi an.

»Passt auf, Leute«, begann sie, »ihr wisst doch selber. Beim Fußball ist alles möglich. Im DFB-Pokal schlägt auch der kleine Verein den großen. Und wisst ihr warum? Weil eine Mannschaft mehr ist als die Summe der Spieler. Das Team ist der Star, hat auch schon Berti Vogts gesagt. Und da kommt es nicht darauf an, wie gut der Einzelne ist. Jeder hat seine Stärken, und wenn wir die zusammenwerfen, können wir alles schaffen. Davon bin ich überzeugt!«

Messi kam sich gerade vor wie Jogi Löw bei einer Ansprache vor einem wichtigen Spiel. Aber sie schaute tatsächlich in Gesichter, deren Ausdruck sich schon ein wenig verändert hatte.

»Wir sollten die Zeit, die uns bleibt, intensiv nutzen«, fuhr sie fort. »Ab jetzt treffen wir uns jeden zweiten Tag hier zum Training. Ronja wird uns dabei mit wichtigen Informationen versorgen, und Opa Schäfer kümmert sich um die Verpflegung. Ronja, was gibt es heute zu erfahren?«

Alle Blicke drehten sich auf Ronja.

»Laut meinen Recherchen müssen wir den Heimvorteil nutzen.« Sie rückte ihre Brille zurecht. »Der ist nämlich vorhanden, wenn wir unser Stadion als unser Revier betrachten. Das steigert die Aggression, und wir wollen dann unser Revier vor auswärtigen Gruppen, also den Jungs, verteidigen.«

»Das klingt schon mal prima, Ronja!«, sagte Messi. »Sonst noch was?«

»Ja«, antwortete Ronja, »ich hab schon mal geguckt, wie man gegen aktives Pressing defensiv am besten arbeiten kann.«

»Und, was macht man da am besten?«, fragte Yalla.

»Das Tor zunageln!«, sagte Ronja.

»Das brauchen wir nicht, wir haben ja Ellie«, rief Messi und warf ihr einen Ball zu.

Sie fing ihn mit den dicken Arbeitshandschuhen auf. Alle lachten, aber ein wenig Galgenhumor war auch dabei. Allen war klar, dass es kein Zurück mehr gab. Das erste Training begann.

# Harte Zeiten

Ab diesem Tag war für Messi und ihre Mitspielerinnen die Schule völlig zweitrangig. Den Eltern hatten sie etwas von Lerngruppen erzählt. Das machte Eindruck und ersparte komische Fragen. Denn ein solch wahnsinniges Fußballprojekt wäre praktisch nicht erklärbar gewesen. Auch nicht bei Messi zu Hause. Noch immer hatte sie nachmittags einiges zu tun in der Bäckerei. Aber die Schule ging ja vor. Das hatten Fernando und Petra immer gesagt. Und mussten sich somit auch dran halten. Und als Pepe die Bälle für das Training rausrückte, hatte Messi ihm etwas vom wissenschaftlichen Arbeiten erzählt. Sie sollten in Physik klären, ob der Ball wirklich rund ist, wie Sepp Herberger immer gesagt hatte. Und dafür sollten sie möglichst viele Bälle vermessen. Pepe hatte den Kopf geschüttelt und sich wieder seinem neuen Lieblingsprojekt gewidmet. Er wollte demnächst anstatt Vollkornbrötchen Gummibärsemmeln im Laden anbieten.

Somit dachten alle nur noch an den Nachmittag und die anstrengenden Trainingseinheiten auf dem Platz am alten Hafen. Die einen mit Vorfreude, die anderen mit Grausen. Denn die Einzigen mit fußballerischer Vorerfahrung waren neben Messi noch Marie und Mira. Sie konnten Messis Anweisungen und den Trainingsformen so einigermaßen folgen. Aber Yalla merkte sehr schnell, dass der Unterschied zur Playstation riesengroß war. Der Joystick war ab jetzt nämlich ihr Fuß. Und der funktionierte nicht automatisch. Stoppen und Passen endeten oftmals mit dem Gesicht oder dem Rücken auf der Wiese. Messis Erklärung dafür war eindeutig: »Die meisten haben den linken Fuß nur, damit sie nicht umfallen. Bei dir ist es mit dem rechten genauso.«

Yalla aber gab sich wirklich Mühe, und am Ende der ersten Woche hatte sie die Schwerkraft immerhin so weit im Griff, dass sie sich die meiste Zeit auf den Beinen halten konnte. Und noch mehr. Auf die Aufforderung von Mira, Doppelpass zu spielen, hatte sie sich zu Anfang noch einen zweiten Ball geholt. Und auf den Ruf »Deckung« hatte sie sich hinter dem Schuppen versteckt. Aber auch hier war das Training erfolgreich. Sie blieb auf dem Platz, was immer auch gerufen wurde.

Ellie machte im Tor von Beginn an eine gute Figur. Mutig wehrte sie Schüsse ab und machte schnell Fortschritte in der Strafraumbeherrschung. Das ein oder andere Mal bekamen Messi und Marie zu spüren, wie es ist, wenn ein Keeper sich durchsetzt. Im Spiel Eins-gegen-Eins war Ellie nämlich eine Wucht. Wenn sie heranrauschte, zog man sich am besten gleich zurück. Ellies Schwäche waren Flachschüsse. Denn immer, wenn der Ball unten ankam, war ihre Reaktion eher das Modell Bahnschranke. Sie kam zu langsam runter. Aber man konnte eben nicht alles haben.

Das galt auch für Pia. Sie hatte sich von vornherein für einen Job als Verteidigerin beworben, um ihren Stürmeridolen möglichst nah zu sein, wie sie es ausdrückte. Das Idol hieß Leon, und es kostete Messi einige Mühe, Pia zu erklären, dass ihr Idol im Spiel erst einmal ihr Gegner sein würde. »Und du glaubst gar nicht, Pia«, hatte sie erklärt, »wie du in seiner Gunst steigen wirst, wenn du ihm den Ball ständig abnimmst. Umso öfter könnt ihr euch dann unterhalten! Dann habt ihr wenigstens ein Thema!«

Opa Schäfer beobachtete das Training der Mädels meistens aus der Entfernung. In seinem kleinen Kühlschrank hielt er Getränke bereit, und ab und an spendierte er auch

eine Runde Süßigkeiten. Aber er mischte sich nicht ein. Eines Nachmittags aber, als die anderen noch Ronjas Vortrag über Intelligenz von Fußballern lauschten, nahm er Messi zur Seite. Er führte sie in den Schuppen, der eigentlich eine Werkstatt war. Überall Werkzeuge an den Wänden, auf den Tischen Schrauben und Nägel. In der Ecke allerdings stand ein Spind aus Blech, ziemlich verrostet, wie das meiste hier.

»Ich will dir mal was zeigen«, sagte er zu Messi und führte sie zu ebendiesem Spind. Er öffnete das Vorhängeschloss und machte die Tür weit auf. Sie quietschte erbärmlich. Messi blickte hinein. Sie traute ihren Augen nicht. Darin stand ein riesiger Pokal. Sie erkannte ihn sofort. Opa Schäfer war schon mal Pokalsieger gewesen!

»Das gibt's ja nicht!«, entfuhr es Messi. »Wo haben Sie den denn her?«

»Nicht so laut«, antwortete Ronjas Großvater, »das soll ja nicht jeder mitkriegen. Vor allem nicht Ronja. Den habe ich gewonnen, damals mit Vorwärts Berlin. Im Endspiel gegen Lokomotive Leipzig. 4:2 haben wir gesiegt. Ein Traum! Danach spielten wir im Pokalsiegerwettbewerb sogar gegen Benfica Lissabon und haben die glatt ausgeschaltet. Aber im Viertelfinale war Schluss.« Herr Schäfer schaute, als hätte er gerade noch einmal in eine Glaskugel geguckt, in der seine Vergangenheit zu sehen war. Messi war platt. Ronjas Opa war einst ein Fußballprofi und schraubte jetzt irgendwelchen Metallschrott zusammen?

»Herr Schäfer, das ist doch super.« Messi war begeistert. »Sie könnten uns doch helfen mit Ihrer Erfahrung. Also, ich stelle mir das so vor, Sie könnten ...«

Opa Schäfer unterbrach Messi. »Nichts kann ich«, sagte er und begann zu erklären. »Messi, ich finde das toll, was ihr macht, aber ich werde mich nicht einmischen. Ich bin einmal auf die Schnauze gefallen mit einem Team. Seitdem möchte ich damit nichts mehr zu tun haben.« Er zog ein Foto aus dem Spind. »Das hier ist meine Mannschaft in Erfurt. Ich musste nach dem Pokalsieg weg aus Berlin, weil das Ministerium meinen Verein aus heiterem Himmel nach Frankfurt an der Oder verlegte. Das ging damals in der DDR. Wir waren dem Lieblingsverein eines Ministers zu stark. Ich aber wollte nicht nach Frankfurt und ging nach Erfurt. Hier spielte ich dann mit all diesen Herren zusammen.« Er zeigte auf das Foto. »Der Verein war in der Saison zuvor aus der Oberliga abgestiegen, und mit mir stiegen wir wieder auf. Und auch mit dem da.« Er deutete auf einen jungen Mann neben ihm.

»Was ist mit dem?«, fragte Messi.

»Wegen dem verlor ich den Spaß am Fußball. Das ist Carl Stegemann, der Vater von Benni!«

Messi guckte, als hätte sie ein Eichhörnchen verschluckt. »Sie haben zusammengespielt? Sie und der Vater von Benni dem Schrecklichen?«

»Ja, aber ich möchte nicht erzählen, was da passiert ist.

Und ich möchte auch nicht, dass Ronja etwas davon erfährt. Sie geht in das Haus Stegemann und gibt Benni Nachhilfe. Ich will nicht, dass sie in die alten Sachen hereingezogen wird. Sie soll Spaß haben. Und ich freue mich sehr für sie, dass sie bei euch mitmacht. Auch wenn sie immer noch zu viel am Computer sitzt.«

Herr Schäfer schaute Messi ernst an.

»Und bitte, kein Wort zu den anderen über die Sache mit dem Fußball und der Nachhilfe. Okay?«

»Okay«, sagte Messi verdutzt und ging zurück auf den Platz. Sie fragte sich trotzdem, warum er ihr dieses Geheimnis anvertraut hatte. Wollte er etwa Rache nehmen? Und das mit ihrem Team, das gegen die Unbeatables antreten wird? Noch würde er sich nicht einmischen. Aber Messi wurde das Gefühl nicht los, dass es nicht mehr lange dauern würde.

22:12 UHR

Guten Abend allerseits, hier ist Heribert Messi Faßbender aus der Enklave Erfurt.

Mensch Mädels, war das eine aufregende Zeit. Jeden zweiten Tag Training, das hatte ich schon lange nicht mehr. Okay, ich selbst habe nicht so viel trainiert, da ich ja die Trainerin war. Aber egal. Und Ronja hat uns ständig mit neuesten Informationen über Fußballfachbegriffe wie abkippender Sechser und falscher Neuner versorgt. Wobei das blanke Theorie war. Schön zu hören, aber mit der Mannschaft leider nicht umsetzbar. Das Einzige, was bei uns nämlich abgekippt ist, waren Pia, Yalla und die Zwillinge. Denn die sind ihr ganzes Leben noch nicht so viel gelaufen und lagen oft auf dem Boden wie Fische auf dem Trockenen und schnappten nach Luft. Reiten und Parfümverkauf scheinen keine richtigen Ausdauersportarten zu sein. Aber Yalla kam ganz passabel voran und konnte in guten Momenten sogar mir schon mal den Ball abjagen.

Und wir haben unsere Sparschweine geplündert und waren in einem Sportgeschäft. Wie sollen wir spielen ohne richtig schöne Trikots? Das geht gar nicht, meinte auch Pia. Ihr werdet euch natürlich denken können, welche Farben wir gewählt haben. Auf nur ganz kleinen Druck von mir. Wir spielen in Schwarz-Gelb!

Ich freue mich unheimlich. Nicht nur, weil wir es den Unbeatables zeigen wollen. Sondern auch, weil ich ein paar neue Freundinnen gewonnen habe. Wir hatten richtig Spaß. Und gute Laune können wir dringend gebrauchen. Denn wenn die königlichen Hochnasen kommen, wird das Klima eh sofort frostig. Mein Traum ist, dass wir eine Wärmflasche auf diese Eisheiligen legen. Und ihnen die Bälle nur so um die Ohren hauen.

Morgen ist es so weit. Drückt uns bitte die Daumen! Oder besser: Zündet eine Kerze an. Möge der Dortmunder Geist in uns alle fahren.

Hugh. Ich habe gesprochen.

# Tunneln

Lauf mit dem Ball auf deinen Gegner zu. Wenn er breitbeinig steht, ...

... schieß den Ball durch seine Beine.

Jetzt heißt es, Tempo erhöhen, damit du ...

... vor dem Gegner wieder am Ball bist.

# Der Kampf der Geschlechter

Das Spiel der Spiele sollte unter Ausschluss der Öffentlichkeit stattfinden. Darauf hatten sich beide Teams geeinigt. Nur war Messi nicht ganz sicher, ob sich die Jungs wirklich daran halten würden. Denn sie waren es gewohnt, dass ihnen eine große Anhängerschaft huldigte. Vor einer Geisterkulisse zu spielen, würde ihnen nicht gefallen. Keine Autogrammjäger, keine Anfeuerung, keine Rufe wie »Benni, ich will ein Kind von dir« oder ähnlicher Schwachsinn. Und genau das hatte Messi mit diesem Schachzug bezweckt. Es sollte nichts anderes zählen außer diesem Spiel. Vielleicht würden die Jungs ja ohne die Gefolgschaft fairer spielen und sich nicht zu publikumswirksamen Demütigungen hinreißen lassen. Vielleicht!!! Die Mädchen hatten jedenfalls alles bestens vorbereitet. Sie hatten sich schon zwei Stunden vor Spielbeginn getroffen und waren die Taktik noch einmal durchgegangen. Die konnte – und darin waren sich alle einig – nur daraus bestehen, hinten gut zu stehen und die Chance auf einen Konter zu nutzen. Nur Pia merkte an, dass sie hinten nicht nur gut stehen, sondern auch gut aussehen wollte. Deshalb verbrachte sie ziemlich viel Zeit vor dem Spiegel im alten Schuppen. Alle hatten ihre neuen Trikots an. Yalla trug dazu noch ihren schönsten Hijab in den Trikotfarben und unter der Hose dreiviertellange Leggins. Ellie wollte die Arbeitshandschuhe ihres Vaters auch im Spiel tragen. Sie war abergläubisch. Oder wollte es gern sein, weil alle Fußballer in dieser Hinsicht einen Schuss quer haben. Es gibt Topprofis, die ziehen immer zwei verschiedenfarbige Strümpfe unter die Stutzen. Weil sie damit noch nie verloren haben. Motto: Sieht man zwar nicht, aber man weiß, dass sie da sind. Ellie jedenfalls hatte beim letzten Training mit den Handschuhen vom Bauernhof relativ wenig Treffer kassiert und glaubte daran, dass sie ihr auch jetzt helfen würden. Die Zwillinge hatten tatsächlich ihre Bandagen für die Pferde mitgebracht. Die machten keinen Unterschied zu Schienbeinschonern und wurden einfach umfunktioniert. Messi war froh, dass Marie und Mira wenigstens ihre Reiterhelme zu Hause gelassen hatten. Und überhaupt: Messi. Sie war sehr still, als sie alle im Schuppen zusammensaßen und auf das Eintreffen der Jungs warteten. Sie musterte noch einmal ihr Team. Sie spürte: Was immer heute auch passieren sollte, sie hatten eigentlich schon gewonnen. Die Erfahrung der letzten beiden Wochen konnte ihnen niemand mehr nehmen.

Es war kurz vor zwei Uhr, als Ronja noch einmal ihren Laptop anwarf. Sie hatte einen kleinen Film zusammengestellt. Der war aber großes Kino! Die größten Pokalsensationen von den kleinsten Teams liefen im Schnelldurchlauf auf dem Bildschirm. Vestenbergsgreuth als Drittligist schlägt den großen FC Bayern München, Fünftligist Ulm den 1. FC Nürnberg, Viertligist Greuther Fürth den BVB. Toll zu sehen, dass auch bei einer vermeintlichen Unterlegenheit am Ende ein großer Sieg herausspringen konnte. Natürlich war das nicht mit diesem Freundschafts- beziehungsweise Feindschaftsspiel zu vergleichen. Aber es war doch ein gutes Omen! Und eine Motivationsspritze für die Spielerinnen.

Opa Schäfer war inzwischen auch nicht untätig gewesen. Er hatte den Platz abgekreidet und zwei Kisten Mineralwasser an den Spielfeldrand gestellt. Plötzlich wurde es unruhig am alten Hafen. Mit lautem Geschrei kamen die Jungs auf das Gelände. Messi und ihr Team schauten aus dem Fenster des Schuppens und sahen, wie einer der Unbeatables aus einem Gebüsch kam, das an den Schuppen grenzte. Die anderen waren schon am Platz.

»Nanu«, sagte Messi, »was hat der denn da gesucht?!«

»Der musste bestimmt mal«, sagte Yalla, die Messi über die Schulter blickte.

»Klarer Fall von Angst«, rief Ellie und machte die Tür auf. »Hey, du Unmöglicher, kannst du nicht die Toilette benutzen wie jeder andere auch?«

Der Junge drehte sich kurz zu Ellie um, ging zu den anderen und sah dabei ein bisschen ertappt aus. Aber Benni klopfte ihm anerkennend auf die Schulter.

»Wir haben nur kurz das Revier markiert«, rief er. »Das

machen wir so, bevor wir den Gegner schlagen. Und bisher hat es noch immer gewirkt.«

Ellie drehte sich um. »Soll ich ihm gleich den Hals umdrehen, oder muss ich warten, bis ich ihm auf dem Platz begegne?«, fragte sie in Richtung Messi.

»Kein Benehmen, kein Respekt. Ich hab's nicht anders erwartet. Lass gut sein, Ellie, er wird seine Lektion früher oder später noch lernen.« Messi war sich nicht sicher, ob »früher« schon heute bedeutete. Aber es würde passieren. Dessen war sie sich sicher.

Dann standen sie sich auf dem Platz gegenüber. Die Unbeatables in satten rot-weißen Trikots, Kaugummi kauend und mit einem Blick, der keinerlei Angst zeigte. Allen voran Benni, der zur Begrüßung auf Messi traf. Sie war die Einzige, die diesem Blick standhalten konnte. Die anderen schauten überallhin, nur nicht in die Gesichter der Jungs. Sie wussten nicht, dass schon in diesem kleinen Moment Spiele gewonnen werden konnten. Mit einer Haltung, die Selbstbewusstsein zeigte.

Benni und Messi als Kapitäne gaben sich die Hand.

Von den Unbeatables gab es zur Begrüßung einen Wimpel. Es war ein Bild der Mannschaft drauf und drunter der Spruch »FÜR JEDEN UNSCHLAGBAR«. Das sah ihnen ähnlich. Keinen Gedanken daran zu verschwenden, dass es mit der Siegesserie mal vorbei sein könnte. Die Mädchen

hatten lange überlegt, was sie überreichen sollten. Sie hatten sich dann für den Vorschlag von Ellie entschieden. Die war ein totaler Fan von Backwaren. Und so übergab Messi Benni eine Tüte voller Lämmerhirter Taler. Die Siegesversion. Mit Victoryzeichen. Messi hatte extra nach Feierabend in der Backstube heimlich ein Blech davon gebacken. Benni schaute reichlich verdutzt. Noch nie hatte ein Gegner vor dem Spiel etwas zu essen überreicht.

»Was soll das, Messi?«, fragte er. »Sollen wir uns die Kekse an die Wand nageln?«

Die anderen Jungs lachten. »Oder verkauft ihr so schlecht, dass du jetzt schon Werbematerial verschenken musst?« Benni hatte wieder in den Angriffsmodus geschaltet. Er biss in einen der Kekse. »Mann, die sind aber trocken«, rief er und deutete ein Husten an. »Aber gar nicht schlecht. Nach diesem Spiel solltet ihr euch sowieso nach einem anderen Hobby umsehen. Backen wäre doch ganz nett. Da ist auf jeden Fall noch jede Menge Luft nach oben.«

»Erstick dran!«, entfuhr es Yalla. Und auch Ellie wurde sauer.

»Stopp!!!«, rief Opa Schäfer und betrat den Platz. Alle Köpfe drehten sich in seine Richtung. »Wir wollen doch jetzt Fußball spielen, oder? Also, ich hoffe, ihr akzeptiert mich als Schiedsrichter. Ich greife nur ein, wenn es nötig wird. Bei strittigen Elfmeterentscheidungen zum Beispiel.« Er schaute Benni an.

»Gespielt wird zwei mal dreißig Minuten.« Er warf einen Blick in die Runde, und nachdem alle einverstanden zu sein schienen, sagte er: »Also, dann kann's losgehen!«

Welch ein Anblick!, dachte Herr Schäfer. Noch vor zwei Wochen trainierte auf dem Platz ein wilder Hühnerhaufen. Jetzt standen die Mädchen den Jungs gegenüber, trugen stolz ihre Trikots und hofften auf ein gutes Ergebnis. Er war mehr als skeptisch, ob die Hoffnung allein reichen würde. Aber als Messi ihn fragte, ob er während des Spiels mal nach dem Rechten sehen würde, hatte er spontan ja gesagt. Man konnte ja nie wissen, was die Jungs so vorhatten. Aber sonst wollte er unparteiisch bleiben. So gut es ging. Spiel ist Spiel, dachte er. Und der Bessere sollte gewinnen. Ihm war jetzt schon klar, wer das sein würde.

# Sieg und Niederlage

Das Spiel begann für das Team um Messi gar nicht schlecht. Denn obwohl die Jungs natürlich spielerisch besser waren, machte ihnen die resolute Defensivarbeit von Yalla Probleme. Vor allem Burak fluchte, als er überheblich versuchte, sie zu tunneln, aber sie dann den Ball souverän ins Seitenaus klärte. Mann, dieses Tackling hätte im großen Stadion für Beifall gesorgt, dachte Messi.

Plötzlich kam Leon frei zum Schuss. Pia hatte einen Moment nicht aufgepasst. Oder wollte sie nicht aufpassen? Auch das war durchaus möglich. So wie sie ihn vor dem Spiel angestrahlt hatte. Leons Ball wurde länger und länger, aber Ellie auch schneller und schneller. Sie rettete mit dem Fuß und erntete dafür Applaus von den Mädchen.

Messi lief kurz zu Pia. »Hey, es gibt nichts zu verschenken!«, rief sie ihr zu, bevor sie selber an den Ball kam. Ellie hatte mit dem Hund auf dem Bauernhof anscheinend super geübt und sich einen Abwurf draufgeschafft, der wirklich prima war. Der Ball landete genau bei Messi, die mit einer Körpertäuschung Olli stehen ließ und sofort abzog. Der Ball klatschte auf das Metallgestänge, das Tor wackelte. Es fehlten nur ein paar Zentimeter bis zur Glückseligkeit. Die Jungs waren gewarnt. Ganz so einfach würden sie hier heute nicht gewinnen können. Schon der nächste Angriff zeigte aber, wie gut sie sein konnten. Benni ließ Marie aussteigen, Burak löste sich von Yalla und bekam den Ball. Dann tat er etwas, das er sonst oft gar nicht tat. Er spielte ab. Genau in den Lauf von Leon. Der kreuzte Mira – und zog ab. Im Gegensatz zu Messi passte sein Schuss genau. Bevor Ellie reagieren konnte, schlug der Ball unten rechts ein. Es stand 1:0 für die Unbeatables!

Die Jungs lagen sich in den Armen, und Burak rief in die Spielhälfte der Mädels: »Der Anfang ist gemacht, wie viele Gegentore wollt ihr noch haben?!« So locker sie auch taten, irgendwie wurde Messi das Gefühl nicht los, dass sie total erleichtert waren. Dafür alleine hatte sich die Schinderei schon gelohnt, dachte sie. Aber es sollte noch besser kommen. Die Unbeatables schienen intern zu diskutieren, wer wann welche Tore schießen würde. Kurzum: Sie waren absolut nicht bei der Sache und entsprechend unaufmerksam.

Als der Anstoß von Mira zurück zu Messi gespielt wurde, sah sie, dass der Torhüter der Jungs gerade noch dabei war, in Ruhe seine Schuhe zu schnüren. Sie erfasste die Situation sofort. Aus dem Fußgelenk schlenzte sie den Ball aufs Tor. Wie in Zeitlupe flog das Leder, vorbei an verblüfften Gesichtern, die sofort in einen Schockzustand einfroren. Jetzt bemerkte auch der Torwart, dass ein Ball in der Luft war. Mit rudernden Armen lief er rückwärts, in der Hoffnung, diesen Schuss noch irgendwie zu erwischen. Aber er senkte sich ins Netz. Der Keeper flog hinterher,

doch es war zu spät. Der Ball war im Tor! Messi hatte getroffen!

Während die Jungs fassungslos auf den Ball im Tor starrten, brach auf der Gegenseite lauter Jubel aus. Alle waren zu Messi gerannt, auch Ellie hatte das Tor verlassen und warf sich mit einem riesigen Satz auf das schon vorhandene Menschenknäuel. Der Ausgleich! Sie hatten den Ausgleich erzielt gegen die Unbeatables!

»Wenn ihr wollt, dass ich jemals wieder Fußball spielen kann, müsst ihr von mir runtergehen«, schnaufte Messi und rollte sich zur Seite. Es war ein unglaubliches Glücksgefühl. Und eine Extradosis gab es, als sie zu den Jungs rüberschauten. Denn die guckten, als wäre ihnen gerade der wirkliche argentinische Dribbel-König Lionel Messi persönlich erschienen. Als Erster fand Benni die Fassung wieder. Er stauchte vor versammelter Mannschaft den Torwart zusammen. Dann nahm er sich den Ball, legte ihn in den Anstoßkreis und rief: »Hey, hört ihr wohl auf zu kreischen! Das ist keine Zalando-Lieferung, sondern ein Fußballspiel. Ich verspreche, dass dies euer letzter glücklicher Moment gewesen sein wird. Denn ab jetzt regieren hier wieder die Unbeatables!«

Und als hätte er hellseherische Fähigkeiten, ging ab diesem Moment nichts mehr bei den Mädchen. So sehr sie sich auch mühten, die Klasse der ersten zehn Minuten kehrte nicht zurück. Und was viel schlimmer war: Bennis Prophezeiung sollte wahr werden. Denn Angriff auf Angriff rollte auf Ellies Tor, und selbst wenn sie acht Krakenarme gehabt hätte, hätte das nichts geholfen. Zur Halbzeit lagen sie 1:7 zurück, in der zweiten Halbzeit fielen sie komplett auseinander. Als die Kraft nachließ, fielen noch weitere acht Tore. Am Ende hieß es 1:15, das Spiel war aus, die Jungs waren wieder im Siegermodus. Völlig erschöpft lag Messi mit den anderen auf dem Boden. Lärmend zogen die Unbeatables ab. Burak drehte sich noch einmal um, bevor sie das Gelände verließen.

»Vielen Dank für die Einladung!«, rief er. »Wenn wir mal wieder Kanonenfutter brauchen, sagen wir Bescheid! Und versprochen, das hier bleibt unter uns.«

Die anderen lachten. »So ein knapper Sieg ist nicht gut für unser Image!«, legte Benni nach. Er setzte sein breitestes Grinsen auf, schwang sich mit den anderen auf die Räder und fuhr in Richtung Stadt davon.

Sie saßen lange an Deck von Opas altem Kahn und schwiegen. Verdreckt, verschwitzt und total kaputt, versuchten sie, das Spiel zu verarbeiten. So ähnlich musste es in der Kabine von Borussia Dortmund gewesen sein, nach dem verlorenen Champions-League-Finale gegen Bayern München. Oder als die deutschen Fußball-Frauen bei der WM 2011 in Deutschland im Viertelfinale gegen Japan ausgeschieden sind. Komplett leer und ausgebrannt. Ronjas Opa hatte alle eingeladen, an Deck zu kommen. Er legte gerade ein paar Würstchen auf den Grill, als Ellie die Sprache wiederfand.

»Also, passt mal schön auf, ihr Heulbojen. Wenn hier jemand einen Grund hat, ins Meer zu versinken und nie mehr aufzutauchen, dann bin das ja wohl ich! Wer hat denn fünfzehn Dinger kassiert? Rechts, links, oben, unten, flach, hoch ... Halleluja, so schnell konnte ich gar nicht gucken, wie die Bälle kamen! Also, Ball flachhalten. Ich war's und basta!« Sie stemmte die Hände in die Hüften und schaute in die Runde.

»Das ehrt dich, Ellie«, sagte Yalla zögernd, »aber wenn ich die Jungs nicht vorbeigelassen hätte, hätten die gar nicht schießen können. Wir haben alle unsere Lektion bekommen.«

»Mann, wir waren hinterher nicht mehr als lebende Slalomstangen.« Marie schüttelte den Kopf.

»Im Parcours würde man jetzt sagen: Komplett verritten! Navigation verloren! Null Punkte!« Mira pflichtete ihrer Schwester bei.

»Schön, dass ihr alle so einsichtig seid. Selbst das beste Parfüm hat die Boys nicht ablenken können. Und ich hatte einiges davon im Stutzen.« Pia zog die Stutzen herunter und heraus fielen fünf kleine Probefläschchen.

»Du hättest K.-o.-Tropfen nehmen müssen oder Pfefferspray«, sagte Messi. »Und selbst das hätte sie vermutlich nur kurz gestoppt.«

Ronja hatte bisher nichts gesagt. Aber sie wusste, dass jede wissenschaftliche Erklärung an dieser Stelle überflüssig war. Frust ist eben Frust.

Ihr Opa hatte die ganze Zeit am Grill gestanden und allen interessiert zugehört. Plötzlich drehte er sich um.

»Seid ihr jetzt fertig?«, fragte er in die Runde und wartete gar nicht erst auf eine Antwort. »Was habt ihr erwartet? Dass ihr die Jungs nach zwei Wochen Training auf einem Bierdeckel ausspielt? Ihr habt zehn Minuten toll gespielt, und Messi hat ein super Tor gemacht. Aber Augenhöhe sieht anders aus. Das war nicht BVB gegen Bayern.«

Die Mädels hingen jetzt an seinen Lippen. Das war eine echte Traineransprache. »Ihr habt meinen allergrößten Respekt, aber am Ende war doch klar, was passiert. Und jetzt ist

Schluss mit dem Selbstmitleid. Ich bin sehr stolz auf euch, doch ab jetzt heißt es entweder aufhören oder weiterarbeiten.«

Er holte eine kleine Kiste hervor. Verdutzt blickten ihn die Mädchen an.

»Fußball ist Leidenschaft, ihr wart leidenschaftlich, Fußball ist Teamarbeit, ihr wart ein Team. Was wollt ihr mehr?! So eine Mannschaft wie eure hätte ich mir früher gewünscht.«

Recht hat er, dachte Messi. Wir haben zwar ein Spiel verloren, aber uns gewonnen.

Er holte ein paar kleine glänzende Figuren aus der Kiste.

»Die hier habe ich für euch gemacht. Dieser rostige Kahn hier heißt Fortuna. Das ist die Göttin des Glücks und des Schicksals. Und das sind kleine Fortunas für euch. Die sollen euch ab jetzt Glück bringen.« Er verteilte die Figuren.

»Hoppla, jetzt halten wir das Glück in den Händen«, sagte Pia. »Dann kann ja nichts mehr schiefgehen.«

»Und wir sind ab jetzt echte Fortuna Girls!« Yalla blickte auf die kleine Metallfigur.

Die anderen schauten sich an.

»Wir sind die Fortuna Girls«, sagte Messi. »Ab jetzt ist jeder Widerstand zwecklos!«

Die anderen klatschten begeistert Beifall.

»Ich leiste aber Widerstand«, rief Ellie.

Alle blickten sie fragend an.

»Wenn ich jetzt nicht bald ein Würstchen bekomme, kann ich nie wieder einen Ball halten.«

Die Mädchen lachten. Das war sie also, die erste Mannschaftsfeier der FORTUNA GIRLS.

# SPIELEN MÄDCHEN FUSSBALL? MÄDCHEN SPIELEN FUSSBALL, NA KLAR!

## WIE ICH ZUM FUSSBALL FAND

Es gibt die unterschiedlichsten Wege, die eine Fußballspielerin auf den Rasen führen. Manche Kinder – so wie Messi – gehen am liebsten nie ohne einen Ball aus dem Haus. Egal ob im Garten, auf dem Bolzplatz, dem Schulhof, der Straße oder zum Ärger der Eltern auch im Wohnzimmer – der Ball ist immer dabei.

Andere Kinder werden durch Großereignisse wie eine Weltmeisterschaft vom Fußballfieber gepackt. Alle sitzen gebannt vorm Fernseher, und bei vielen Kindern fängt es an, in den Füßen zu kribbeln.

Mich haben meine großen Brüder zum Fußball gebracht. Als ich mit ihnen auf dem Platz vor unserem Haus anfing zu kicken, war es um mich geschehen.

## VOM BOLZPLATZ IN DEN FUSSBALLVEREIN

Als ich ein kleines Mädchen war, gab es kaum Möglichkeiten, im Verein zu spielen. Mädchenfußball? Der existierte in Deutschland so gut wie gar nicht.

Als meine Brüder in einem Verein angemeldet wurden, quengelte ich so lange, bis meine Mutter mich schließlich mitnahm, als sie die Jungs zum Training brachte.

Ich glaube, der Trainer wusste zuerst gar nicht, dass ich ein Mädchen war. Erst als er mich aufforderte wiederzukommen, fragte meine Mutter ihn, ob ich als Mädchen denn bei den Jungs mitmachen könnte.

Es dauerte eine Weile, und sogar der Hessische Fußballbund musste gefragt werden, bis es hieß: Na ja, verboten ist das wohl nicht, du kannst es ja mal versuchen.

Damals war ich keine sechs Jahre alt, und ich musste noch ein paar Monate warten, bis ich bei einem richtigen Spiel mit Spielerpass und allem Drum und Dran mitspielen durfte.

Heute, mehr als fünfundzwanzig Jahre später, ist das alles nicht mehr so kompliziert.

Fragt einfach ein paar Jungs, die schon im Verein sind, ob ihr mal zum Training kommen könnt, oder bittet eure Eltern, im Fußballverein nachzufragen, wann trainiert wird. Auch im Internet gibt es dazu viele Infos. Auf der Seite des Deutschen Fußballbundes oder auf www.fußball.de findet ihr die Ansprechpartner für Mädchenfußball.

## GEWINNEN UND VERLIEREN

Mein allererstes Pflichtspiel war eine Katastrophe. Wie die Fortuna Girls bei ihrem ersten Spiel gegen die Unbeatables verloren wir zweistellig (!), und ich erinnere mich, wie ich schon in der Halbzeit heulte wie ein Schlosshund. Das war beinahe das vorzeitige Ende meiner Fußballkarriere!

Ich musste lernen, dass auch das Verlieren zum Fußball dazugehört. Einmal hat ein Trainer nach dem Spiel im Vorbeigehen zu meiner Mutter gesagt: »Heute hat die Nia das Spiel ganz allein verloren.« Ich war echt fertig! Alle sagen ja immer, dass Mädchen schnell heulen – aber ich finde, das ist egal. Wenn etwas furchtbar ist, dann heult man eben, und manchmal geht's einem danach besser.

Bei einem anderen Spiel hat er mich gelobt: »Heute hast du das Spiel fast allein gewonnen.« So ist Fußball eben, es geht auf und ab, und es dauert viele Jahre, bis man sich von der Anfängermannschaft, der F-Jugend, zu den Profis hochgespielt hat. Mal schleicht man eben heulend und besiegt in die Kabine – mal läuft man als strahlender Sieger zur Zuschauertribüne und jubelt!

Wichtig ist, dass man aus seinen Fehlern lernt. Dann kann auch ein verlorenes Spiel nützlich sein und in den zukünftigen Spielen zum Sieg verhelfen.

## MIT KRITIK UMGEHEN

Als ich noch jung war, fiel es mir oft schrecklich schwer, die Kritik des Trainers anzunehmen. Manchmal hatte ich das Gefühl, dass ich nichts richtig machen konnte. Aber denkt immer daran, dass der Trainer euch nichts Böses will, sondern nur eure Leistung beurteilt – und die kann eben auch mal nicht so gut sein.

Es ist sehr wichtig, auf den Trainer zu hören, denn nur so könnt ihr euch verbessern. Fragt euch gemeinsam, ob die Position, auf der ihr spielt, die richtige ist, oder ob ihr woanders eingesetzt vielleicht eine bessere Leistung bringen könntet.

Seid ihr wirklich Stürmerinnen? Na klar, alle wollen immer vorne mitmischen, Tore schießen und den Jubel genießen. Ja, vielleicht seid ihr wieselflinke Torschussköniginnen, aber in einer Mannschaft sind alle Positionen wichtig.

Vielleicht merkt euer Trainer, dass ihr gut in der Mitte die Bälle verteilen könnt, oder es stellt sich heraus, dass ihr beinharte Verteidigerinnen seid. Ein aufmerksamer Trainer wird euch immer wieder woanders einsetzen, um zu sehen, was euch liegt, und um euch in allen Bereichen zu fördern. Gute Spielerinnen zeichnen sich nämlich dadurch aus, dass sie sehr vielseitig sind.

## MIT ODER OHNE JUNGS?

Es ist natürlich toll, wenn ihr schon sehr früh mit dem Fußballspielen anfangen könnt, zum Beispiel wenn ihr gerade in die Schule kommt oder sogar noch ein bisschen früher. In vielen Vereinen gibt es Mannschaften für so junge Spieler, oder vielleicht bietet eure Schule eine Fußball-AG an, in der ihr testen könnt, ob Fußball »euer Ding« ist.

Am Anfang ist es normal, dass Mädchen und Jungs zusammenspielen. Und wenn ihr schon mal mit Jungs gekickt habt (oder wie ich ein paar Brüder habt!), wisst ihr ja, dass die manchmal ganz schön ruppig sein können. Da wird schon mal rumgeschrien und geknufft, alle wollen dahin, wo der Ball ist, da ist es laut und manchmal ziemlich wild.

Aber keine Angst, ihr schafft das, und der Trainer und der Schiedsrichter werden aufpassen, dass fair gespielt wird. Mädchen können sich durchsetzen, sie sind genauso schnell und geschickt wie Jungs, und Lautsein kann man lernen! Es ist ein gutes Training, wenn man lange mit Jungs spielt, man lernt viel fürs Spiel und eine Menge fürs Leben!

Erst später, wenn die Jungs dann sehr viel größer und kräftiger werden als wir, spielen die körperlichen Merkmale eine Rolle – aber dann spielen wir ja auch gegen andere Mädchen und Frauen!

Ich war immer das einzige Mädchen in meiner Mannschaft, und ich war lange Kapitän. Ich erinnere mich nicht, dass es deswegen Ärger gab – nur manchmal Überraschung bei den Gegnern, wenn mein Name aufgerufen wurde. Meine Mannschaftskameraden haben dann jedes Mal nur gegrinst. Ich bin noch heute mit vielen von ihnen gut befreundet – es war eine tolle Zeit.

## DU WILLST LOSLEGEN – UND JETZT?

Wenn ihr eure Liebe zum Fußball entdeckt habt, solltet ihr euch nicht beirren lassen. Wichtig ist, was ihr wollt. Schaut euch mal um, welche Vereine es in eurer Nähe gibt. Ihr könnt im Internet suchen, Freunde fragen, in die Lokalzeitung gucken oder auch mal euren Sportlehrer fragen.

Wenn ihr schon etwas älter seid und nicht bei den Jungs einsteigen möchtet, könnt ihr ja in einer Mädchenmannschaft loslegen. Die gibt es bestimmt auch in eurer Nähe. Am besten geht ihr einfach mal zum Training und stellt dort alle eure Fragen. Dabei lernt ihr auch gleich ein paar Spielerinnen, den Trainer und vielleicht die eine oder andere neue Freundin kennen. Und wer weiß, vielleicht gründet ihr ja auch euer eigenes Team – so wie Felicitas.

**PETER GROSSMANN**, geboren 1963, ist studierter Sportlehrer und seit 1996 das Sportgesicht im ARD-Morgenmagazin. Als Reporter begleitete er bereits viele sportliche Großereignisse und ist selber leidenschaftlicher Fußballfan. Außerdem liebt er es, sich Geschichten auszudenken und hat schon zahlreiche Bücher veröffentlicht. Peter Großmann lebt mit seiner Frau und seinen beiden Töchtern in Dortmund.

**NIA KÜNZER**, geboren 1980 in Botswana, wuchs im hessischen Wetzlar auf, wo auch ihre Karriere als Fußballerin begann. Von 1997 bis 2005 spielte sie in der Nationalmannschaft und gewann mit ihr 2003 den ersten Weltmeistertitel. Bis 2008 war sie mit dem Gewinn vieler Titel für den 1. FFC Frankfurt aktiv. Heute arbeitet Nia Künzer im Hessischen Innenministerium und ist Frauenfußball-Expertin in der ARD.

**DANIEL ERNLE**, geboren 1981, ist seit 2003 Grafiker, Illustrator und Screendesigner. Er arbeitet für verschiedene Verlage und andere Unternehmen, u. a. Peta, Red Bull und Disney. Seine Arbeiten erhielten zahlreiche Auszeichnungen, darunter 2013 einen Bronzenen Löwen in Cannes. Daniel Ernle lebt mit seiner Familie im Allgäu.

Yalla
Mira
Marie
Messi